ro
ro
ro

Dies ist Boris Meyns dritter Kriminalroman aus Süd-Holstein mit dem Trio Sonntag, Herbst und Jensen. «Spannender Plot mit sympathischen Ermittlern», so urteilte die «Welt» über den zweiten Band der Reihe, «Tod im Labyrinth» (rororo 24351); «anschaulich und spannend» (Lübecker Nachrichten) begann die Serie mit «Der falsche Tod» (rororo 23893). Bekannt wurde der promovierte Bau- und Kunsthistoriker Boris Meyn durch seine historischen Hamburg-Kriminalromane, die in der Region Bestseller-Status genießen. Bisher erschienen sind vier Bände: «Der Tote im Fleet» (rororo 22707), «Der eiserne Wal» (rororo 23195), «Die rote Stadt» (rororo 23407) und «Der blaue Tod» (rororo 23894). Daneben gibt es noch einen Gegenwartskrimi aus der Hansestadt, «Die Bilderjäger» (rororo 23196).

Boris Meyn

DAS HAUS DER STILLE

Ein Fall für Sonntag, Herbst und Jensen

Rowohlt Taschenbuch Verlag

Originalausgabe
Veröffentlicht im Rowohlt Taschenbuch Verlag,
Reinbek bei Hamburg, Dezember 2007

Umschlaggestaltung any.way, Cathrin Günther
(Foto: Chris Rogers/CORBIS)
Lektorat Werner Irro
Satz Palatino PostScript, InDesign, bei
Pinkuin Satz und Datentechnik, Berlin
Druck und Bindung Clausen & Bosse, Leck
Printed in Germany
ISBN 978 3 499 24534 3

DANKSAGUNG Mit Dank an Roberto, Dübi und alle, die mir Einblick in Unbekanntes gewährten …

KAPITEL 1

Konzentriert beobachtete Gero Herbst die Wasseroberfläche. Sein Blick streifte suchend an der Uferkante entlang, schließlich entdeckte er eine geeignete Stelle. Bevor die Wellen sanft vom Schilfgras gebrochen wurden, war eine deutliche Vertiefung zu erkennen. Behutsam näherte er sich. Nach einem Moment der Besinnung schnellte sein rechter Arm vor, und augenblicklich gab der Daumen die Schnur frei. Fast lautlos schwirrte der Köder seinem Ziel entgegen. Nur ein Vogel schien die Gefahr wahrgenommen zu haben. Mit hektischen Flügelschlägen startete er aus seinem vermeintlich sicheren Versteck unter der fast blattlosen Weide, deren Zweige sich weit über die Kloppkolben des Schilfgrases beugten. Etwa einen Meter hinter dem gewählten Platz tauchte das kleine Metall ein. Etwas absinken lassen, dann einholen. Geschmeidig verrichtete die alte Ambassadeur ihren Dienst. Nur nicht zu schnell kurbeln. Geros Blick verfolgte die Spur der Sehne, die sich langsam ihren Weg durch das Wasser bahnte. Als der Blinker vor ihm auftauchte und mit einem Glucksen aus dem Wasser sprang, hielt er einen Augenblick inne. Weit hinter der gegenüberliegenden Uferkante vollzog sich ein phantastisches Naturschauspiel. Ein letzter Rest des feuerroten Sonnenballs versank am Horizont. Der Himmel schimmerte für wenige Minuten in herbstlicher Glut, und die leuchtenden Streifen der Wolkenbänder zeigten für einen erhabenen Moment eindrucksvoll die Geringfügigkeit des irdischen Mikrokosmos.

Die Spiegelungen auf dem Wasser verhinderten die Jagd auf Sicht. Gero hatte die Größe des Köders so ausgewählt, dass sich nur ein kapitaler Brocken verleiten lassen würde. Langsam machten sich seine Füße in den hohen Gummistiefeln bemerkbar, die Kälte kroch ihm die Beine hoch. Noch zwei, drei Versuche, dann wurde es Zeit für einen Ortswechsel. Gero zog seine Lesebrille aus der Weste und montierte einen Blinker mit hellerer Farbe. Der winzige Karabiner hinter dem Vorfach war knifflig zu öffnen, ohne Sehhilfe war es aussichtslos. Lange hatte er es nicht wahrhaben wollen, aber nun war er dankbar. Mit sechsundvierzig sei eine Lesebrille die Regel, hatte ihn der Augenarzt beruhigt.

Gero fischte das Gewässer im Bogen vor sich ab. Wurf folgte auf Wurf. Er fragte sich, welche Temperatur das Wasser wohl haben mochte. Im letzten Monat hatte er am Bootssteg noch ein erfrischendes Bad nehmen können. Inzwischen sollte sich die Temperatur der Zehn-Grad-Marke genähert haben. Gero fröstelte bei dem Gedanken. Nichts tat sich. Ein Hecht würde gewaltig anschlagen.

Hundert Meter zur Linken gab es eine weitere vielversprechende Stelle. Auf dem Weg dorthin verhedderte sich sein Kescher auf dem Rücken in ein paar Zweigen. Umständlich befreite sich Gero aus der misslichen Lage und folgte dann dem schmalen Trampelpfad, der am Schilf entlangführte. Diese Stelle noch, nahm er sich vor. Er wollte auf jeden Fall vor Einbruch der Dunkelheit zu Hause sein.

Die letzten Herbstmücken tanzten über den Gräsern. Ob er es in diesem Jahr noch einmal schaffen würde, auf die Pirsch zu gehen? Die Rutenspitze durchschnitt die Luft mit einem peitschenden Geräusch. Ein alter Räuber zu später Stunde – das wäre der versöhnliche Abschluss eines stressigen Tages.

Als er vor gut zwei Stunden von der Dienststelle aufgebrochen war, hatte noch jede Menge Arbeit auf seinem Schreibtisch gelegen. Wenn man ihm nur nicht den Vorsitz dieser Sonderkommission übertragen hätte. Er war der Dezernatsleiter, sicher, aber Jörn Lüneburg hätte den Job als Dienstältester genauso übernehmen können. Erfahrung hatte er mehr als genug, und die Funktion eines Koordinators setzte in diesem Fall keine Mobilität voraus. Es ging vor allem um die Abstimmung der Aufgabenverteilung zwischen Kripo, Zoll und Bundespolizei. Und die Auswertung der Ergebnisse oblag Jörn in jedem Fall.

Gero sehnte den Jahreswechsel herbei. Ab Januar würde es keine festen Sperrmülltermine mehr geben, dann war endlich Schluss mit den vagabundierenden und patrouillierenden Kleinlastern aus dem Osten. Dass damit auch die Serieneinbrüche aufhörten, bezweifelte Gero jedoch. Irgendetwas würden sich die

Täter schon einfallen lassen, um geeignete Objekte in Zukunft anders auszukundschaften. Ihre Vorgehensweise war einfach zu offensichtlich geworden. Anfangs hatten sie ja an einen Zufall gedacht, aber seit die Serie von Einbrüchen und Diebstählen regelmäßig den regionalen Sperrmüllterminen folgte, war der Zusammenhang eindeutig.

Vierzig Zivilfahnder standen der Sonderkommission Sperrmüll zur Verfügung. Viel zu wenig, um die ganze Region systematisch abdecken zu können. Wenn überhaupt, dann hatten sie in dieser Woche eine Chance auf Erfolg. Laut Plan gab es in der 44. Kalenderwoche zwar Sperrmüll in zehn Ortsteilen im Lauenburgischen, aber nur vier davon hatten Straßenzüge mit großen Grundstücken, auf denen vorwiegend Einzelhäuser standen mit teuren Autos davor. Und genau das waren die bevorzugten Objekte. Die städtischen Bereiche mit den Mehrfamilienhäusern in Geesthacht, Mölln und Ratzeburg konnten sie vernachlässigen, blieben allein die Neubausiedlungen in Büchen und Schwarzenbek sowie die Randbezirke.

Die Abstimmung aller Beteiligten musste akribisch organisiert sein. Jeder verdächtige Kleintransporter mit polnischem oder litauischem Kennzeichen sollte in den betreffenden Straßen von den Zivilfahndern erfasst werden. Die Kennzeichen wurden an die Kollegen vom Zoll und von der Bundespolizei weitergeleitet, die die Autobahnzufahrten und Grenzübergänge im Auge zu behalten und die Wagen bei Bedarf zu kontrollieren hatten. Es ging nur um wenige

Tage. Bislang geschahen die Einbrüche spätestens in der dritten Nacht nach den Abholungsterminen. Die Täter schlugen blitzschnell zu, arbeiteten lautlos und professionell. Vor allem der Diebstahl der Luxuslimousinen barg einige Rätsel. Aber dafür kam in den nächsten Tagen ja dieser Spezialist von den Versicherungen, der dem Team mit entsprechendem Insiderwissen zur Seite stehen würde.

Der Blinker sauste erneut durch die Luft und schlug etwas zu laut auf. Gero spürte einen leichten Widerstand – die Rute bog sich. Ein Biss? Nein, der Haken musste sich im Kraut verfangen haben. Die Rückstände am Drillingshaken bestätigten seine Vermutung. Ein Schwarm Gänse flog schnatternd über die Baumwipfel in das verblassende Abendrot. Die Zugvögel hatten sich vom warmen Oktober täuschen lassen und machten sich viel zu spät auf die Reise. Vor allem die Kraniche, die sich in den letzten Jahren anscheinend stattlich vermehrt hatten, waren an den großen Sammelstellen ein faszinierender Anblick.

Gero wechselte ein letztes Mal den Köder. Ein großer Perlmuttspinner. Es kostete ihn Mühe, damit auf Weite zu kommen. Ein unablässiges Vibrieren durchströmte die Rute beim Einholen. Gero mochte dieses Gefühl – auf den letzten Metern konnte man unter der Wasseroberfläche erkennen, wie der Löffel surrend flink um das Gewicht rotierte. Nach einigen Versuchen hatte er den Bogen raus und kam der angepeilten Stelle immer näher.

Der Biss kam so überraschend und mit einer solchen Gewalt, dass Gero fast das Gleichgewicht verlor. Er schaffte es gerade noch, trotz des Schwankens die Sternbremse zu öffnen. Die Schnur flog nur so von der rotierenden Rolle. Das war ein Brocken – bestimmt ein Hecht von mindestens fünf Kilo. Jetzt nur nicht den Kontakt verlieren. In dem Moment klingelte das Handy.

«Ja?» Die kurze Ablenkung hatte gereicht – Bremse zu fest, Fisch weg. Enttäuscht schaute Gero auf das von der Rutenspitze herabbaumelnde Ende der gerissenen Schnur.

«Ich bin es, Schatz. Alles in Ordnung mit dir?», fragte seine Frau, nachdem er nicht sofort antwortete.

«Geht so», antwortete Gero jetzt. Was sollte er auch groß sagen.

«Wo bist du gerade?»

«Beim Fischen.»

«Ach so», entgegnete Lena. «Ich habe mich schon gefragt, warum zu Hause niemand abnimmt.»

«Ich dachte, du wärst längst da.» Gero legte die Rute auf den Boden und schaute auf die Uhr. Eigentlich hätte Lena bereits seit Stunden auf dem Hof sein müssen. «Überstunden?», fragte er.

«Ich habe doch Bereitschaft», stöhnte sie. «Hast du vergessen, dass Vetter im Urlaub ist? Und wie das dann so ist … Deswegen rufe ich an.»

«Was Wichtiges?», fragte Gero.

«Kann man schon sagen. Ich wollte dich zumindest informieren, bevor die Staatsanwaltschaft eingeschaltet wird.»

Obwohl die Verbindung gut war, presste Gero das Gerät unwillkürlich fester ans Ohr. «Erzähl.»

«Du kennst doch dieses Haus der Stille in Bugendorf.»

«Flüchtig», entgegnete Gero. «Unauffällige Leute, eben sehr still. Bislang hat es nie Ärger gegeben.»

«Ein buddhistisches Meditationszentrum», erklärte Lena. «Die halten dort Seminare ab, Yoga und so etwas. Jedenfalls habe ich einen der Bewohner gerade auf dem Tisch gehabt.»

«Dann dürfte es mit der Stille dort vorbei sein», folgerte Gero. Lena hatte von der Staatsanwaltschaft gesprochen, und wenn eine Gerichtsmedizinerin solche Worte in den Mund nahm, war gewöhnlich Unheil im Anmarsch. Gero konnte im Moment alles gebrauchen, aber nicht auch noch einen Mordfall. «Todesart?», fragte er vorsichtig.

«Eine hohe Konzentration toxischer Stoffe. Digitalis wahrscheinlich. Genaueres wird der Laborbefund zutage fördern. Der Mann, Dr. Kurt Bassen, war Seminarteilnehmer im Haus der Stille. Gestern ist er dort nach dem Abendessen zusammengebrochen. Zuerst hat man ihn nach Ratzeburg in die Klinik gebracht, aber als sich sein Zustand rapide verschlechterte, wurde er nach Absprache direkt hierher nach Lübeck in die Uniklinik verlegt. Exitus heute um zehn Uhr vormittags. Tod durch Atemlähmung. Sein Kreislauf hat auf keine der medizinischen Maßnahmen mehr reagiert. Unsere Kardiologen stehen vor einem Rätsel.»

«Deswegen die Leichenöffnung?»

«Du weißt, bei unklarer Todesursache ist das obligatorisch. In diesem Fall wollte man wohl in erster Linie einen Behandlungsfehler ausschließen – zur Absicherung. Aber was ich gefunden habe, deutet darauf hin, dass dem Mann etwas ins Essen gemischt wurde. Und zwar nicht zu knapp.»

«Was ist mit Suizid?»

«Es gibt bestimmt angenehmere Arten der Selbsttötung», antwortete Lena.

«Scheiße», entfuhr es Gero. «Das hat uns gerade noch gefehlt. Erst die Sonderkommission, und nun auch noch so was. Wir können eigentlich niemanden entbehren. Wann verständigst du die Staatsanwaltschaft?»

«Jetzt gleich – fährst du nochmal in die Dienststelle?»

Gero überlegte einen Augenblick. «Nein», meinte er schließlich. «Matthias hat heute Spätschicht, er wird das übernehmen. Wenn du die Wissmann dranhast, dann bestell ihr einen schönen Gruß und bitte die Frau Oberstaatsanwältin, mich nochmal auf dem Handy anzufunken, bevor sie das Prozedere in Gang setzt. Wenn wider Erwarten Heiko Hellsink noch im Amt sein sollte, dann nicht. Den Kerl verkrafte ich heute Abend nicht mehr. Wann kommst du?»

«Ich stelle noch meinen vorläufigen Bericht fertig, dann mache ich mich auf den Weg. Hast du was gefangen?»

«Fast.» Gero verkniff sich eine Bemerkung. «Ich freue mich auf dich – es gibt Fischstäbchen.»

KAPITEL 2

Der Pfeil zischte nur knapp auf Kopfhöhe an ihm vorbei und traf exakt das Zentrum der großen Strohscheibe, die wenige Meter neben ihm stand. Verdammt, worauf hatte er sich nur eingelassen. Wahrscheinlich hatte er, ohne es zu wissen, irgendeine verbotene Zone betreten. Leif schlug das Buch «Buddhismus für Einsteiger» zu und versteckte es unauffällig hinter dem Rücken. Der Mann mit dem halbnackten Oberkörper und dem weißen Pludergewand musste der Schütze sein. Erstaunlich – es mochte bestimmt unter zehn Grad sein. Er lächelte Leif mit versteinerter Miene an. Leif nickte freundlich.

«Der Weg ist das Ziel», sagte der Mann leise. Jetzt war auch der Bogen zu erkennen, den er mit der linken Hand seltsam weit vom Körper weghielt. Er sprach einen undefinierbaren Akzent und schien selbst beim Reden zu lächeln. «Und auf dem Weg war ich», antwortete Leif im Flüsterton und versuchte, es dem Mann gleichzutun, aber er merkte selbst, dass sein Lächeln zu einer Fratze mutierte. Innerlich bebte er, schließlich hatte ihn der Pfeil nur knapp verfehlt. Dann ging er weiter. Der Gong würde ihn rufen, hatte dieser Shamadingsbums gemeint. Verärgert blätterte

Leif auf die letzte Seite des Buches, wo er den Namen notiert hatte. Shamayana, so hieß der Leiter des Seminars. Zwei Stunden Pause. Bis dahin hatte er ihm nahegelegt zu schweigen. Alle schienen hier die meiste Zeit über zu schweigen.

Mit Schweigen und Lächeln durch den Tag. Fünf Tage Ruhe würden ihm guttun. Das letzte Zusammentreffen mit seiner Frau hatte ihm den Rest gegeben. Er hatte keine Kraft mehr – die endlosen Debatten hingen ihm zum Hals heraus. Natürlich hatte Miriam einen Neuen, obwohl sie es abstritt. Finn hatte ihn auch schon gesehen. Zufällig, als sie zur letzten Theateraufführung ins Internat gekommen waren. Fast so alt wie Opa, hatte sein Ältester gemeint. Und er habe ihr einen Kuss gegeben, bevor sie aus dem Wagen gestiegen sei. Es war aussichtslos. Die Sache würde sich nicht wieder einrenken. Zu viel war zerbrochen. Eigentlich ging es ihm nur noch um die Kinder. Für Leif war es völlig unverständlich, warum sie nicht mit offenen Karten spielte. Miriam lag nichts an einem geregelten Familienleben. Die Woche über brachte sie die Zwillinge nach wie vor bei irgendwelchen Klassenkameraden und Freundinnen unter, damit sie selbst Tennis spielen und reiten konnte, und an den Wochenenden setzte sie sich wie gewohnt ab, und er durfte sich kümmern. Bevor er einen Schlussstrich zog, wollte er jedoch noch einmal mit Miriams Vater sprechen. Er wollte keinen Streit, der vor Gericht ausgetragen wurde. Weder was das Sorgerecht noch was die finanzielle Seite betraf. Ernst von Gossewitz hatte schon immer auf seiner Seite gestanden, auch wenn Miriam seine Tochter war. Sie würden eine Lösung finden. Aber vorerst war er in Bugendorf.

Leif konnte sich kaum vorstellen, dass hier Unruhe herrschen konnte. Fünf Tage dauerte das Seminar im Haus der Stille noch. Nun, mit Schweigen verriet er sich zumindest nicht. Bislang wusste niemand, warum er hier war. Nur dass er den Platz von Dr. Kurt Bassen eingenommen hatte, der mit Herz-Kreislauf-Versagen im Krankenhaus lag. Kein Wort von dessen Tod. Die Seminarplätze waren begehrt. Bei bestimmten Veranstaltungen gebe es schon mal eine Warteliste, hatte ihm der Vorsitzende des Vereins, Dr. Schmidt, erklärt. Er war als Einziger eingeweiht und hatte sich sogleich kooperativ gezeigt. Nur kein Aufsehen, keine große Geschichte und bitte keine Presse. Buddhisten seien friedvolle Menschen und Pazifisten, hatte er erklärt. Das erstrebenswerte Ziel sei es doch, im friedlichen Miteinander und zudem im Einklang mit sich selbst und den Mitmenschen zu leben. Starke Worte. Nur hatte sich irgendjemand offenbar nicht an die Spielregeln gehalten. Er hatte es Schmidt gegenüber nicht aussprechen müssen. Der Mann war hochintelligent.

Gero war mit diesen Sperrmüllsammlern beschäftigt, und Conni jagte irgendwelchen gestohlenen Autos hinterher. Also war er hier. Bei Ines Wissmann waren gleich die Alarmglocken losgegangen, als sie von Dr. Schmidt erfahren hatten, dass der Seminarleiter ein hoher Würdenträger der Glaubensgemeinschaft war. Was er genau für einen Posten innehatte, war noch nicht ganz klar. Bei religiösem Hintergrund waren auch deutsche Behörden inzwischen einigermaßen sensibilisiert. Überflüssigerweise saß der Wissmann ein Landesabgeordneter im Nacken, der für Ausländerfragen zuständig war, aber keine Ahnung von Religionen hatte. Zugegeben, Leif wusste über Buddhismus auch recht wenig – ehrlich gesagt so gut wie gar nichts, aber dass Buddhisten keine Moslems waren und Fanatiker, höchstens Askese am eigenen Leib betrieben und in der Regel keine Andersdenkenden massakrierten, das war ihm schon bekannt. Mit diesem rudimentären Wissen war er ins Haus der Stille gezogen. Den Rest würde er sich anlesen.

Der Name des Hauses schien Programm. Selbst die Vögel im Garten hielten sich dem Anschein nach an das Schweigegebot. Leif setzte seinen Weg durch die parkartige Anlage fort, zuerst wollte er sich mit den örtlichen Gegebenheiten vertraut machen. Das Hauptgebäude konnte das Herrenhaus eines ehemaligen Gutes sein, das man nach dem Krieg zu einem Schullandheim umgebaut hatte. Zumindest gab es keine Stallungen mehr. Zur Rechten erstreckten sich ausgedehnte Obstgärten und mehrere Gewächshäuser, dahinter lagen die beiden Pavillons, in denen die Gäste untergebracht waren. Sogar eine Sauna gab es. Die Zimmer im Gästetrakt waren schlicht eingerichtet. Ein Bett, ein Schrank, Tisch und Stuhl. An den Wänden kreisförmige Bilder aus geometrischen Mustern, wie sie die Zwillinge aus dem Kunstunterricht der Schule mitbrachten. Der Geruch erinnerte ihn an irgendetwas von früher, wahrscheinlich Jugendherberge oder tatsächlich Schullandheim. Gewöhnungsbedürftig war es, dass die Zimmer nicht abschließbar waren. Leif dachte an sein PowerBook, das, mit dem Handy verbunden, seinen Kontakt zur Außenwelt sicherte. Dr. Schmidt hatte ihm nahegelegt, das Klingelsignal stumm zu schalten. Ruhe war hier erste Bürgerpflicht. Auch Alkohol wurde im Zentrum nicht gerne gesehen, wie Dr. Schmidt es höflich ausgedrückt hatte. Leif wollte nicht auffallen. Zwei Straßen weiter gab es einen Gasthof. Morgen Abend hatte er sich dort mit Gero auf ein Bier verabredet.

Bis auf die Kastanien trug der Großteil der alten Bäume noch sein Herbstkleid. Nur vereinzelt regnete es Kaskaden aus rot und gelb leuchtendem Laub. Die angekündigten Herbststürme hatten noch nicht eingesetzt. Am Himmel zeichneten sich weiße Haufenwolken ab. Leif ging auf den großen Ginkgobaum zu, vor dem ein steinerner Buddha saß. Auf der Bank dahinter erkannte er die graue Katze, die das Zimmer neben ihm bewohnte. Ein Raubtier mit erwartungsvollem Blick. Man merkte, dass ihr das Schweigen schwerfiel. Die andere Mittvierzigerin, die gemeinsam mit ihrer Tochter hier war, stand mit einem Rechen bewaffnet auf der Wiese und fegte das wenige Laub zusammen. Jeder tat hier etwas für die Gemeinschaft, viele arbeiteten im Garten. Aber die friedliche Stimmung war trügerisch. Irgendwer hatte ein tödliches Gift in die Müslischale des Shamayana gemixt. Das hatten die Nachforschungen ergeben, denn Bassen hatte nach Aussage der anderen Gäste beim Frühstück versehentlich aus der Schale des Seminarleiters gegessen. Mehr hatte er den Tag über nicht zu sich genommen. Es sah so aus, als wenn Dr. Kurt Bassen nur zufällig zum Opfer geworden war und der Anschlag eigentlich dem Leiter des Seminars gegolten hatte.

Um was für einen Wirkstoff es sich genau handelte, würde man in den nächsten 24 Stunden wissen. So gut wie jeder hatte hier Zugang zur Küche, denn hauptsächlich war Selbstversorgung angesagt. Die Kost war streng vegetarisch. Obst, Gemüse, Joghurt, Müsli, das Brot wurde selbst gebacken. Für den Einkauf und die wenigen warmen Mahlzeiten war ein gewisser Rolf Kossetzki zuständig, der als Hausmeister und Mädchen für alles in der Einrichtung arbeitete. Dann gab es noch einen Angestellten namens Lachmann, der sich dreimal wöchentlich um den parkähnlichen Garten und die Pflanzen kümmerte. Heute war er anscheinend nicht auf dem Gelände. Auf die Frage nach seinen Bezugsquellen hatte Kossetzki zögernd erklärt, es handle sich um ganz gewöhnliches Müsli aus dem Supermarkt, verschiedene Sorten zusammengemischt. Ein Schelm, wer anderes erwartet hätte. Leif konnte sich ein Grinsen nur mühsam verkneifen – auch Buddhisten kochten eben nur mit Wasser. In der Nachfüllpackung konnte kein toxischer Wirkstoff nachgewiesen werden, es war also eine gezielte Handlung gewesen. Auch aus dieser Perspektive betrachtet war es gut, dass er vor Ort war, denn vielleicht würde es der Täter erneut versuchen. Leif nahm sich vor, diesen

Shamayana vor dem Abendessen noch abzufangen und über die möglichen Gefahren aufzuklären.

Der Bogenschütze hatte seine Übungen beendet. Erhobenen Hauptes und mit langsamen Schritten ging er in Richtung Pavillon. Leif schlug die Liste mit den Teilnehmern auf, die er als Lesezeichen im Buch versteckt hielt. Der Mann musste entweder Shangrila Gaya oder T'Hom Badschur heißen. Er tat sich schwer mit den fremd klingenden Namen, auch wenn es nur drei auf der Liste waren. Außer ihm selbst und dem Leiter gab es noch vier männliche Seminarteilnehmer, und Peter Gölz war das nicht. Den Namen hatte er bereits zuordnen können. Gölz war zusammen mit seiner Frau Alexandra hier. Leif hatte die beiden vorhin auf dem Flur in inniger Umarmung ertappt, doch in der Gemeinschaft gaben sie sich anscheinend Mühe, nicht als Paar aufzutreten. Auf jeden Fall war der Bogenschütze kein Asiat oder Inder, eher Europäer. Also hatte er in Wirklichkeit einen anderen Namen. Wer sich hinter den beiden seltsamen Namen verbarg, war das Erste, worum er sich kümmern wollte. Keine leichte Aufgabe, denn bei der Anmeldung musste man sich, wie ihm gesagt worden war, nicht ausweisen.

Leif ging die Liste weiter durch. Dr. Leon Remmter musste der hagere Kerl mit der Messerschnittfrisur sein. Der Erscheinung nach war er Banker oder Wirtschaftsprüfer. Kleidung, Gestik und distinguiertes Verhalten legten diese Vermutung nahe. Der Mann hatte tadellos manikürte Fingernägel und trug am Handgelenk einen fünfstelligen Markenwecker. Solche dezent versteckten Insignien stachen Leif sofort ins Auge. Er hatte vorhin bei der Vorstellung neben Remmter gesessen und beobachten können, wie er alle fünf Minuten auf die Uhr geschaut hatte. Zeitdruck und Termine hatten diesen Menschen geprägt. Die tiefen Furchen, die sich auf seinen Wangen abzeichneten, ließen zudem auf ein Magengeschwür oder ähnlich nervöse Stresssymptome schließen. Dass Remmter hier wirklich meditative Ruhe fand, wagte Leif zu bezweifeln.

Die graue Katze hatte sich Leif als Einzige mit Namen vorgestellt. Sie hieß Daniela Koch, war ungefähr in Leifs Alter und hatte den Blick eines Raubtiers auf Beutesuche. Augen und Haarpracht hatten bei Leif sofort diese Assoziation ausgelöst. Ihre üppigen, mit deutlichem Grau durchwachsenen Locken, die weit über ihre Schultern hingen, erinnerten an die Mähne eines Löwen. Auf der anderen Flurseite wohnte Rika von P., mit Abstand die jüngste Teilnehmerin des Seminars, höchstens Mitte zwanzig. Eine große, schlanke Person mit schwarzen Haaren, die sie streng zurückgekämmt und zu einem Pferdeschwanz zusammengebunden trug. Mit ihren hohen Wangenknochen und dem dunklen Teint glich sie einer orientalischen Schönheit. Im Nachbarzimmer wohnte ihre Mutter. Es gab hier nur Einzelzimmer. Victoria von P. hatte fast die Größe ihrer Tochter, aber eine kräftigere Statur mit einem mächtigen Busen. Die weißgraue Kurzhaarfrisur mit dem ausrasierten Nacken, ihr vom Wetter gegerbtes, grobporiges Gesicht unterstrichen den Naturmenschen. Sie stand immer noch auf dem Rasen und harkte Laub. Von ihrer Tochter keine Spur. Leif folgte dem Bogenschützen zum Pavillon.

Auf dem Flur verströmten Räucherkerzen einen moschusartigen Geruch, das Licht war gedämpft. Blieb noch Gundula Meyer-Vielhoff, der letzte Name auf der Liste. Beim morgendlichen Treffen war sie nicht anwesend gewesen. Leif machte die Zimmertür zu und streckte sich auf seinem Bett aus. Die Stille war wirklich erstaunlich. Für einen Augenblick schloss er die Augen. Seine Fingerspitzen kreisten langsam über die Schläfen. Jetzt nur nicht nachgeben, es war eine der Attacken, die man ihm prophezeit hatte. Seit er der Nikotinsucht mit einer Hypnosebehandlung den Garaus gemacht hatte, war es bereits zweimal vorgekommen. Seine Nerven spielten ihm einen Streich. Ruhe war gefährlich. Er war vorbereitet. Einmal hatte er sich Akupunkturnadeln zur Stimulation bestimmter Nervenpunkte setzen lassen. Seine Fingerspitzen suchten die Bahnen. Er sollte sich auf die Zirkulation der Luft zwischen seinen Lungenbläschen konzentrieren.

Die Gedanken gingen durcheinander. Irgendwo tauchte dieser Fluss auf. Er musste wandern, das Tal entlang. Keine Spur von diesem Baum der Weisheit. Er erreichte eine Wegkreuzung. Wie Knotenpunkte einzelner Nervenbahnen verzweigte sich der Pfad vor ihm. Jemand rief nach ihm, aber es war nicht sein Name, was ihn verstörte. Als er sich umdrehte, erkannte er eine Frau, die Miriams Gesichtszüge hatte.

Sie stand am anderen Ufer des Flusses und winkte ihn zu sich. Zwischen ihr und dem mächtigen Gebirge, das sich am Horizont erstreckte, lag ein riesiger Palast. Miriam hielt ein Kind an ihrer Hand und rief ihm in einer fremden Sprache etwas zu. Dann nahm er sich plötzlich selbst wahr, sah seine zerschlissene Kleidung und sah sich lächeln. Er musste sich für einen Weg entscheiden. Einer der acht Pfade sollte ihn zu diesem Baum führen.

Ein sanfter Gong riss Leif aus seinen Gedanken. Hatte er geträumt? Seine Fingerspitzen ruhten immer noch auf seinen Schläfen. Irritiert schaute er auf das Buch, das neben seinem Bett auf dem Boden lag. Die Kapitel über das Leben des Buddha, den Siddhartta Gotama, hatte er bereits gelesen. Im sechsten Jahrhundert vor der heutigen Zeitrechnung wurde er als Sohn des Königs der Sakyas in Tibet geboren. Mit sechzehn Jahren wurde Siddartha mit Prinzessin Yasodhara verheiratet, sie lebten standesgemäß im elterlichen Palast. Beeindruckt vom Leid der Menschen, dem er stellvertretend durch einen Bettler, einen Kranken, einen Toten und einen Mönch begegnete, beschloss er, seine Familie zu verlassen, um einen Weg aus dem allgemeinen Leid zu finden. Sechs Jahre wanderte er in Askese lebend durch das Tal des Ganges, aber er fand keine Befriedigung. Erst als er seinen eigenen Weg ging, erreichte er die vollkommene Erleuchtung. Dies geschah angeblich am Ufer des Neranjara-Flusses unter dem Baum der Weisheit, dem Bodhi-Baum. Den Kern seiner Erkenntnis bildeten dabei die vier edlen

Wahrheiten. Weiter war Leif noch nicht gekommen, er hatte nur verstanden, dass ein achtfacher Pfad der Wegweiser zu Glück und Harmonie sein sollte. Das war doch verrückt.

Der Gong rief zum meditativen Gebet in die kleine Halle des Haupthauses. Danach wollte der Shamayana das erste Mal über Samudaya Sacca sprechen. Leif schlug im Glossar des Buches nach. Die Wahrheit von der Ursache des Leidens. Gespannt, was der Shamayana zu erzählen hatte, machte er sich auf den Weg.

KAPITEL 3

Ganz vorsichtig Gas geben. Conni konzentrierte sich. Der Wagen zog mit der Kraft eines gebändigten Löwen um die Kurve. Auf den ersten Kilometern hatte sie sich nicht mal getraut, die Hände vom Lenkrad zu nehmen, aber inzwischen ahnte sie, was Leif an dem Wagen so faszinierte. Irgendwie konnte sie es immer noch nicht glauben. Als er ihr den Wagen angeboten hatte, hatte sie zuerst an einen schlechten Scherz gedacht. Der Wagen sei gut versichert, hatte er daraufhin nur gemeint, ihr die Schlüssel in die Hand gedrückt und viel Spaß gewünscht. Sie hatte immer gedacht, der Porsche sei so eine Art Heiligtum von Leif Jensen. In letzter Zeit wirkte ihr Kollege überhaupt verändert, nachdenklich und grüblerisch, manchmal auch richtig unkonzentriert. So kannte sie ihn gar nicht.

Im Rückspiegel konnte Conni erkennen, wie das Laub von der Straße aufgewirbelt wurde. Knapp zehn Minuten blieben ihr noch, wenn sie sich nicht verspäten wollte. Und dann auch noch eine Trödelbacke vor der Nase – im selben Moment registrierte sie erschrocken, dass der Transporter vor ihr exakt die zulässige Höchstgeschwindigkeit einhielt. So ein Wagen verführt, dachte Conni und tippte leicht auf das Bremspedal, bis sich der Abstand zu ihrem Vordermann wieder normalisiert hatte. Sie wusste selbst nicht, warum sie auf Leifs Vorschlag überhaupt eingegangen war. Natürlich war es lieb von ihm gemeint – und ihr half es ungemein, sie hatte gar keinen Leihwagen organisieren müssen. Nun blieben ihr voraussichtlich fünf Tage, in der Zeit sollte wohl Ersatz für den Corsa zu beschaffen sein. Eigentlich war es erstaunlich, wie lange er gehalten hatte. Da die alte Rostlaube aber nicht mehr durch den TÜV gekommen wäre, hatte sie vorsorglich etwas zur Seite gelegt. Danach hatte sie es wieder verdrängt, bis die weißen Rauchschwaden unter der Motorhaube eindeutig das Ende ihres treuen Gefährten signalisiert hatten. Zylinderkopfdichtung, hatte der Mann vom ADAC geschlossen, einen Abschleppwagen geordert und sie freundlicherweise die letzten zwanzig Kilometer bis zu ihrer Dienststelle mitgenommen.

Leif hatte sie sogar tröstend in den Arm genommen, als sie den Kollegen von ihrem Missgeschick erzählt hatte. Als Leiter der Mordkommission Lübeck verirrte sich Leif ja nur hin und wieder nach Ratzeburg. Er sei nur vorbeigekommen, um sich von Matthias Rörupp noch die letzten Vernehmungsprotokolle aushändigen zu lassen, hatte er erklärt, sie angelächelt und hinzugefügt, dann könne sie ihn ja am Haus der Stille absetzen. Jetzt also 350 statt 50 PS. Nur gut, dass man kein Mountainbike mit dem Porsche transportieren konnte, sonst hätte sie sich womöglich noch an diese Klasse gewöhnen können.

Conni lenkte auf die Busspur und stoppte den Wagen etwas zu forsch. Die Bremsen waren wirklich gewöhnungsbedürftig. Ihr Blick suchte den Vorplatz des Bahnhofs ab, aber außer dem jungen Kerl an der Haltestelle war weit und breit niemand zu sehen, der in Frage kam. Eigentlich hatte sie sich den angekündigten Spezialisten vom GDAW, dem Gesamtverband der Autoversicherungswirtschaft, anders vorgestellt. Eben wie einen Versicherungsheini: modischer Seidenanzug mit Trenchcoat, einen spießigen Trolley als Gepäck und mindestens zwanzig Jahre älter. Und nun das: Typ smarter Südeuropäer, lange Haare, ausgewaschene Jeans, ein schwarzer Troyer und eine abgewetzte Ledertasche. Bestimmt ein paar Jahre jünger als sie. Der Mann sah nicht schlecht aus. Conni ließ das Beifahrerfenster herunter und beugte sich vor. «Herr Schenkendorf?»

Er schaute sie an, wie sie es insgeheim erwartet hatte. Für eine Sekunde ungläubiges Staunen, dann fuhr er sich spielerisch mit der Hand durch die Haare und lächelte sie mit seinen vollen Lippen und einem etwas verträumten Blick an. Als er zum Wagen kam, konnte Conni das leuchtende Braun seiner Augen erkennen. Doch, der Kerl hatte was.

«Cornelia Sonntag. Wir haben telefoniert.»

«Carlos Schenkendorf – guten Tag.» Er klappte den Beifahrersitz um, verstaute seine Tasche auf dem Rücksitz und inspizierte den Wagen. «Ihrer?»

Sie lächelte ihn an. «Leihwagen.»

«Aha», meinte er etwas ungläubig. Conni merkte,

dass er sich Mühe gab, sich seine Überraschung nicht anmerken zu lassen. Schenkendorf hatte einen angenehm kräftigen Händedruck. «Ich bin den Umgang mit solchen Modellen ja beruflich gewohnt – sozusagen täglich. Carrera S, Vorjahresmodell, Vollausstattung. Im Osten trotzdem nicht so begehrt.» Er bot ihr einen Kaugummi an, nachdem er es sich auf dem Beifahrersitz bequem gemacht hatte. «Und? Sind Sie zufrieden?»

«Danke.» Conni betätigte die Tiptronic und vergaß für den Bruchteil einer Sekunde, was sie da bewegte. Sie erschrak selber, als das Lenkrad an ihren Handgelenken zerrte. «Etwas gewöhnungsbedürftig», meinte sie und registrierte, dass Schenkendorf mit der rechten Hand den Haltegriff umklammert hatte. Der Kaugummi war irgendwo unter dem Sitz gelandet.

«Ich habe ein Zimmer im Schlosshotel gebucht. Von dort aus sind wir sowohl schnell im Hafen als auch im Lauenburgischen.» Sein Blick musterte unauffällig ihren Körper. «Ich würde mich nach der Bahnfahrt gerne etwas frisch machen. Dann wäre es toll, wenn Sie mir ein wenig die Gegend zeigen würden.»

«In einer knappen Stunde haben wir eine Besprechung mit den Kollegen von der Kripo Geesthacht. Da sehe ich schwarz für eine Stadtrundfahrt.»

Schenkendorf hatte Mühe, seine Enttäuschung zu verbergen. «Natürlich, ich vergesse schon, dass ich zum Arbeiten hier bin und nicht zu meinem Vergnügen. Aber so, wie der Tag begonnen hat …», er warf ihr einen langen Blick zu, «… kann ich mir gut vorstellen, dass das eine das andere nicht ausschließen muss.»

Conni lächelte, nahm den Blick aber nicht von der Straße. Meine Güte, ging der Kerl ran. «Es wäre schön, wenn Sie mich kurz über die Details aufklären, bevor wir an die Arbeit gehen.»

«Die Vorgehensweise der Täter ist eigentlich immer die gleiche.» Conni lehnte am Türrahmen des Hotelzimmers und beobachtete Schenkendorf. Durchtrainierter Körper, kein Gramm zu viel, und dann dieser laszive Blick. Der Kerl schien sich seiner Wirkung auf Frauen bewusst zu sein. Vielleicht ein bisschen zu sehr.

«Wir nennen es Homejacking», erklärte Schenkendorf. «Nachdem der betreffende Wagen ausgekundschaftet ist, brechen die Diebe ins Haus des Besitzers ein, um an die Schlüssel zu gelangen. In der Regel bewahrt man die Wagenschlüssel in der Nähe der Eingangstür auf, die Diebe brauchen also gar nicht weit ins Haus einzudringen. Meist ist das eine Sache von wenigen Sekunden, bis man gefunden hat, was man sucht. Auch eine verschlossene Garage und eine Alarmanlage stellen kein Hindernis mehr dar, wenn man die Originalschlüssel hat.»

«Es kommt also darauf an, wie schnell die Fahndung anläuft», folgerte Conni.

«Auch», sagte Schenkendorf. «Wann der Diebstahl bemerkt wird, ist wohl entscheidend. Wir haben da eine Statistik, die besagt, dass ein eindeutiger Zusammenhang zwischen Grenznähe und Einbruchszeit besteht. Die Fahrzeit ist genau ausbaldowert. Aber neuerdings bringt man die Wagen auch gar nicht mehr im Ganzen ins Ausland.»

«Sie meinen die Zerlegungshallen, die man in letzter Zeit gefunden hat?»

«Richtig. Aber für uns ist das eine Sackgasse. Da kommen wir nicht weiter. Keine Chance.» Schenkendorf stopfte die Schnürsenkel unter die Lasche seiner modischen Turnschuhe. «Die Hallen werden nur für kurze Zeit angemietet und bar im Voraus bezahlt. Wenn die Autos zerlegt sind, werden die Einzelteile meistens als Schrottteile getarnt in den Osten zu den Sammelstellen transportiert. Da sich der Teilehandel nicht auf bestimmte Wagentypen eingrenzen lässt, ist es so gut wie unmöglich, die Spuren zu verfolgen. Die Zerlegungshallen, die ausgehoben wurden, waren Zufallstreffer.»

«Das klingt nicht so, als wenn Sie viel von unserer Arbeit halten.»

«Das Problem ist, dass sich die Vorgehensweise der Täter immer schneller verändert. Wenn ihr ihnen endlich auf die Spur kommt, haben sie schon wieder eine neue Masche.»

«Sie meinen also, unsere Aktion mit den Sperrmüllterminen bringt nicht viel?»

Schenkendorf zuckte mit den Schultern. «Ende des Jahres ist Schluss hier. Wenn ihr tatsächlich noch einen erwischt, dann ist es ein kleiner Fisch. Die Organisation hat längst umgesattelt.»

«Und in welcher Form?»

«Wissen wir noch nicht genau. Es gibt mehrere Möglichkeiten.» Er zog einen Laptop aus der Reisetasche. «Jedenfalls kennen die Burschen die Standorte bestimmter Wagentypen ganz genau. Auch ohne Sperrmülltermine und manchmal schon wenige Tage nachdem die Fahrzeuge an die Besitzer ausgeliefert werden.»

«Wie erhalten die Täter diese Informationen? Von wem? Wartet man mit Ferngläsern bewaffnet vor den Autohäusern und fährt den Kunden nach, oder was glauben Sie?»

«Viel zu umständlich. Wir haben es mit einer großen Organisation zu tun, im Osten ist das ein ganzer Wirtschaftszweig.» Schenkendorf lächelte wissend. «Vor zwei Wochen gab es einen interessanten Zwischenfall kurz vor der Grenze zur Tschechischen Republik. Ein Porsche Cayenne Turbo, der, wie sich später herausstellte, wenige Stunden zuvor in Dresden gestohlen worden war, ist nachts von der Straße abgekommen und auf einem Acker gelandet. Auf dem Dach, Räder nach oben. Der Fahrer konnte unerkannt flüchten. Stutzig geworden ist man, weil der Wagen weder Aufbruchspuren aufwies noch kurzgeschlossen war. Einen Wagenschlüssel hat man nicht gefunden. Der Halter, der den Wagen kurz darauf als gestohlen meldete, konnte beide Schlüssel vorweisen.»

«Er wird den Wagen selbst gefahren sein», vermutete Conni. «Kennt man doch. Besonders wenn auch noch Alkohol im Spiel war.»

Schenkendorf schüttelte den Kopf. «Haben wir zunächst auch vermutet. Bei einem Kaskoschaden von knapp 200 Scheinen werden Versicherungen von sich aus aktiv und betreiben Nachforschungen. Ins Haus wurde nicht eingebrochen, und der Besitzer war nachweislich mit einem anderen Fahrzeug unterwegs. Die Vermutung, der Mann könnte einen Versicherungsschaden vorgetäuscht haben, konnten wir allein deshalb abhaken, weil er sich theoretisch jeden Monat so einen Wagen hätte leisten können. Nein, es gab einen dritten Schlüssel.»

«Was sagt der Hersteller?»

«Porsche beharrt darauf, dass so etwas nicht möglich ist.»

«Interessant. Und was meinen Sie?»

Schenkendorf grinste. «Es gibt eine ganze Reihe ähnlicher Fälle. Aber solange der Polizei kein solcher Drittschlüssel in die Hände fällt, bleibt es eine Vermutung.»

«Man müsste also jemanden auf frischer Tat ertappen. Dann ist es doch gar nicht so falsch, was unsere SoKo macht.»

«Im Prinzip ist es richtig, aber ihr wisst nicht, auf welche Modelle es die Täter abgesehen haben.»

«Doch – die bevorzugten Modelle sind große SUVs von BMW und Porsche. Eben dieser besagte Cayenne. Gefragt ist außerdem VW Caravelle T4.» Conni war froh, dass sie die Statistiken im Kopf hatte.

«Das bringt uns aber nicht wirklich weiter. Es gibt einfach zu viele von diesen Fahrzeugtypen. Wenn wir den Tätern einen Schritt voraus sein wollen, dann müssen wir auch Farbe und Ausstattung kennen.»

«Und die kennen Sie?»

«Noch nicht. Aber wir werden sie bald in Erfahrung bringen.»

Conni blickte ihn fragend an.

«Das erkläre ich Ihnen, wenn wir morgen zu dieser Auktion fahren.» Er machte eine geheimnisvolle Geste und beugte sich erwartungsvoll vor. «Haben Sie sich übrigens schon überlegt, wo wir heute Abend essen werden?»

Das durfte ja wohl nicht wahr sein. Gut, Schenkendorf sah ziemlich attraktiv aus, und sie war die Letzte, die einem Flirt abgeneigt war, aber die Nummer, die er hier abzog, ging eindeutig zu weit. «Tut mir leid», entgegnete Conni, «aber ich bin heute schon zum Essen verabredet.» Es war nicht gelogen, auch wenn die Schale Katzenfutter, die Orpheus zu Hause in Schwerin erwartete, kaum als gemeinsames Galadinner zu bezeichnen war.

KAPITEL 4

«Nähern wir uns dem Dukkha. Es symbolisiert die Unzulänglichkeit der Dinge, Elend, Übel, Schmerz, Verletzung, Unbefriedigtheit. Geburt ist Dukkha, Altern ist Dukkha, Tod ist Dukkha. Sorgen, Trauer, Schmerz, Unwohlsein sind Dukkha; zusammen zu sein mit dem, was man nicht liebt, ist Dukkha; getrennt zu sein von dem, was man liebt, ist Dukkha, nicht zu bekommen, was man sich wünscht, ist Dukkha.»

Der Shamayana schloss die Augen. Leif konnte erkennen, wie sich sein Brustkorb langsam hob und senkte. Es vergingen mehrere Minuten, bis er weitersprach. «Dukkha ist also so etwas wie die Summe aller Erfahrungen. Wenn ihr verstanden habt, dass das Leben leidvoll ist, wenn ihr diese Wahrheit für euch akzeptiert – erst dann könnt ihr euch dem Samudaya zuwenden, der Ursache des Leids. Wir müssen sie verstehen, bevor wir sie überwinden können. Im Zentrum stehen die drei Geistesgifte: Gier, Hass und Verblendung. Beginnen wir mit Tanha.» Wieder wartete der Shamayana einige bedeutungsschwere Sekunden, bevor er weitersprach. «Tanha, das achte Glied in der zwölfgliedrigen Kette des Pratitya-samutpada, des bedingten Entstehens, ist die Hauptursache für das Leid.

Nicht die einzige, aber die unmittelbarste. Wir können Tanha mit Begehren übersetzen, mit Verlangen, mit Durst. In Tanha sind alle Formen der Begierde enthalten, egal ob sie sich auf Nahrung, Leben, Sex oder ein anderes Objekt richten. Aber Tanha ist noch mehr. Es bezeichnet nicht nur die Gier nach materiellen oder sinnlichen Freuden, sondern gleichfalls nach Leben an sich, nach Schlaf, nach Ruhm, nach Freude oder Liebe. Wörtlich übersetzt heißt Tanha in etwa: der Durst nach angenehmen Sinneseindrücken.»

Leif merkte, wie ihm langsam die Beine einschliefen. An den Fersen begann es zu kribbeln, die Zehen seines rechten Fußes waren schon taub. Er versuchte, die Lage des Beines etwas zu verändern, aber ohne aufzustehen, war es so gut wie unmöglich. Irgendetwas machte er verkehrt. Der Lotussitz sollte doch entspannen. Das nächste Mal würde er sich einen dieser Zafus nehmen, auf denen auch Remmter und die Meyer-Vielhoff saßen. Die runden Sitzkissen machten einen bequemeren Eindruck als die Zabutons, Matten, die an kleine Futons erinnerten. Nur der Shamayana hockte auf einer ungepolsterten Rollmatte aus Binsengras, wie man sie normalerweise mit zum Strand nahm. Genauso wie Shangrila Gaya – Leif hatte den Namen des Bogenschützen inzwischen zuordnen können – trug der Shamayana ein schwarzes, einem Kimono nicht unähnliches Gewand. Der Rest der Seminaristen, von Remmter einmal abgesehen, der mit Cordhose und Kaschmirpullover immer noch recht distinguiert angezogen war, trug legere Freizeitkleidung. Die meisten waren barfuß, Shangrila Gaya und T'Hom Badschur hatten Zoris an den Füßen, Flip-Flop-ähnliche Latschen mit einer Sohle aus Tatamigeflecht. Remmter trug Socken.

Fast alle schienen tief in Gedanken versunken und lauschten den Worten des Shamayana mit geschlossenen Augen. Selbst Remmter war wie in Trance und hatte noch kein einziges Mal zur Uhr geschaut. Nur Daniela Koch hatte die Augen wie Leif geöffnet. Ihr Blick streifte im Raum umher, beobachtete die anderen. Immer wenn sich ihre Blicke trafen, glaubte Leif ein vorsichtiges Lächeln ausmachen zu können. Aber auch auf den anderen Gesichtern verrieten die nach oben gezogenen Mundwinkel den Versuch, zu lächeln. Einigen gelang es recht gut, zumindest zeichnete sich ein Anflug von Ruhe und Zufriedenheit ab, anderen war die Konzentration und Anspannung anzumerken.

Die Einzige, deren Gesichtszüge ausdruckslos waren, war Gundula Meyer-Vielhoff. Ihr Gesicht wirkte wie eine verkniffene Maske, beseelt von ständigem Ernst. Sie war irgendwo in den Fünfzigern, schätzte Leif, ob Anfang oder Ende, konnte man nicht mit Sicherheit sagen. Ihr hennagefärbtes Haar glich einer auftoupierten Feuersbrunst, die zum Scheitel hin bereits erloschen war. Am Haaransatz war das natürliche Grau zu erkennen.

Das Kribbeln hatte Leifs rechtes Knie erreicht. Wie lange verharrte er jetzt schon in dieser Position? Das Zeitgefühl war ihm abhandengekommen, idiotische

Gedanken schossen ihm durch den Kopf. Wie kam er jetzt nur auf die Gymnastikkurse, die er damals, als Miriam mit Finn schwanger gewesen war, als Vorbereitung auf die Geburt tapfer mitgemacht hatte? Sie hatten sich auch im Kreis gegenübergesessen, und die Hebamme hatte die ganze Zeit davon geschwärmt, was für ein eindringliches Erlebnis auf sie zukommen würde und wie toll sie es fände, dass so viele Männer mit im Kurs wären und dieses Erlebnis mit ihren Partnerinnen teilen wollten. Dann hatten sie gemeinsam Beckenbodentraining gemacht. Eine konzentrierte Bewegung irgendwo zwischen Pobacken zusammenkneifen und Schwanzwurzel bewegen. Aerobic für Schwule hatte es Miriam in einem Anflug von Albernheit genannt, als sie wieder zu Hause gewesen waren. Sie hatten viel gelacht damals.

«Dieser Durst bedeutet also nicht nur das Verlangen nach Vergnügen, Macht und Reichtum, sondern er beinhaltet auch das Festhalten an einer bestimmten Sache, einem Ideal, einer Lehre oder einem bestimmten Glauben. Dhamma tanha – laut Buddha entsteht alle Unruhe und aller Streit auf dieser Welt aufgrund dieses selbstsüchtigen Durstes. Ich möchte das an einem einfachen Beispiel erläutern. Blicken wir in die Politik. Seit Anbeginn unserer Zeit entscheiden Staatsoberhäupter über Krieg und Frieden, indem ihr Blick allein auf wirtschaftliche oder andere politische Interessen gerichtet ist. Die Entscheidung wird also durch den Glauben an eine bestimmte Sache gefällt. Dabei gehen sie aber dem Problem nicht auf den Grund. Die

Ursache bleibt unberührt. – ‹Die Welt ist voller Mangel und Verlangen und ein Sklave des Durstes›, sagte Buddha zu Ratthapala. Der Nährboden für Tanha ist die Illusion eines festen Wesenskerns. Erst wer diese Illusion überwunden hat, kann auch Tanha überwinden.» Der Shamayana stockte einen Moment und schaute in die Runde. «Gier, Hass und Verblendung sind nur zu überwinden, indem wir ihnen mit Großzügigkeit, Güte und Weisheit begegnen.»

Er erhob sich scheinbar schwerelos. Es war erstaunlich, wie leicht er sich bewegte. «Wir treffen uns am späten Abend zu einer Zusammenkunft. Nutzt die Zeit und meditiert. Denkt über euren Durst und eure Gier nach. Wer möchte, kann uns dann berichten, was er über sich erfahren hat.»

Wie zufällig hatte Leif den Shamayana auf dem Weg zu den Pavillons im Garten abgefangen. «Hätten Sie ein wenig Zeit für mich? Ich habe ein paar Fragen, bei denen ich Ihre Hilfe benötige.»

«Gerne. Womit kann ich dir helfen?» Der Shamayana hatte sich eine schwarze Wolljacke übergestreift. Die dunkle Farbe der Kleidung unterstrich seine helle, fast bleiche Haut. Wie immer lächelte er freundlich. Leif war ihm bislang noch nie so nah gekommen.

«Es gibt da ein paar Dinge, die ich nicht verstehe.»

«Wenn es nur ein paar Dinge sind, solltest du dich glücklich schätzen. Schau mich an. Du siehst einen alten Mann vor dir, der vieles noch nicht verstanden hat.»

Leif war so, als hätte der Shamayana ihm zugezwinkert. «Der Weise bestreitet seine Weisheit wohl immer.» Er erinnerte sich nicht, woher er den Satz hatte. Wahrscheinlich war es einer dieser trivialen Sprüche aus einem der Glückskekse, die es beim Chinesen gab. Leif fragte sich, wie alt der Shamayana sein mochte. Mitte sechzig vielleicht. Wie ein alter Mann wirkte er jedenfalls nicht. «Es geht um das Verständnis von dem, was Sie zum Selbst gesagt haben.» Er hatte immer noch Schwierigkeiten, den Shamayana zu duzen, wie es die anderen taten. Weil so wenig gesprochen wurde, blieb die Distanz umso länger bestehen.

«Anatta», meinte der Shamayana, und Leif glaubte, einen Schweizer Dialekt herauszuhören. Woher kam der Mann überhaupt? «Für Nicht-Buddhisten wahrscheinlich das, was überhaupt am schwersten nachzuvollziehen ist. Für Buddhisten ist das momentane Selbst nicht identisch mit dem Selbst, das es noch vor wenigen Minuten gab.» Er lächelte, als wolle er die Verständlichkeit seiner Worte überprüfen. «Es gibt auch keine Identität von dem Selbst, das gerade jetzt existiert, mit dem Selbst, das noch vor einigen Leben existierte.»

An Wiedergeburt glaubte Leif überhaupt nicht. Es war eindeutig ein Hauch Schwyzerdütsch, dachte er. Auf dem Programmzettel war zu lesen, dass der Shamayana aus Kanada kam. Aber dafür sprach er viel zu gut Deutsch.

«Verbunden sind sie nur durch die Kontinuität der Veränderung, aber nicht durch eine feste Substanz.

Denke beispielsweise an einen fließenden Fluss, der schon nach Sekunden ein ganz anderer ist, oder schaue dir diesen Baum dort an …» Er deutete auf den großen Ginkgobaum, dessen gelbe Blätter in der Abendsonne glänzten.

«Bei dem die Veränderung langsamer vor sich geht», folgerte Leif. Er dachte einen Moment darüber nach, aus welchem biologischen Vorgang sich eine Wiedergeburt ableiten ließ, kam aber zu keinem Ergebnis. «Das ist das, was Sie vorhin mit der Illusion eines festen Wesenskerns meinten, nicht? Aber wenn es kein Selbst gibt, kann das Selbst auch kein Selbst befreien. Und genau das ist doch eine entscheidende Forderung der buddhistischen Lehre.»

Der Shamayana nickte, als wolle er ihm recht geben. «Du solltest deine bisherige Vorstellung von einem Selbst überdenken», sagte er mit ruhiger Stimme. «Erst wenn du loslässt von dieser Vorstellung, kann diese Befreiung stattfinden. – Ich sagte ja schon, dass Anatta schwer zu verstehen ist.» Er merkte anscheinend, dass Leif seinen Worten nicht folgen konnte. «Du bist nicht der Einzige, der darüber stolpert. Aber das ist nicht entscheidend. Du bist nicht hier, um Buddhist zu werden. Das ist auch keine Voraussetzung für dieses Seminar. Aber wie auch viele andere bist du ein Suchender …»

«Das ist wohl wahr.»

«Und du bist mehr an deinen Mitmenschen als an dir selbst interessiert.»

«Merkt man das?» Die Verblüffung musste ihm anzusehen sein. Wusste der Mann, warum er hier war?

Ein bescheidenes Lächeln huschte über das Gesicht des Shamayana. «Bevor ich mich entschloss, als Mönch zu leben, habe ich mich unter anderem mit Psychoanalyse beschäftigt. Ich bin also durchaus in der Lage, logisch zu denken – und eins und eins zusammenzuzählen.» Wieder dieses Lächeln.

«Sie wissen, warum ich hier bin?», fragte Leif vorsichtig.

«Ich vermute es», entgegnete der Shamayana. «Und es betrübt mich, sollte meine Vermutung stimmen.»

«Dr. Schmidt hat Sie nicht informiert?»

Er schüttelte wortlos den Kopf.

«Ich bin Kommissar der Kriminalpolizei», erklärte Leif. «Mordkommission. Und ich bin leider nicht zu meinem Vergnügen hier», fügte er hinzu.

Der Shamayana nickte in sich versunken. Sein Nicken schien seine Gedanken zu bestätigen. Schließlich blickte er auf. «Es war jemand hier, der uns mitteilte, Bassen liege im Spital.»

«Er ist vorgestern gestorben. Die genauen Todesumstände sind noch unklar, aber wir wissen bereits, dass er an einem starken Gift starb. Wir wissen auch, dass Dr. Kurt Bassen den Giftstoff aus einem Gefäß zu sich genommen hat, das eigentlich von Ihnen benutzt wird.»

«Meine Schale. Ja, ich erinnere mich. Er hat am Morgen sein Müsli aus der Schale gegessen. Ich sprach ihn noch darauf an. Er wusste nicht, dass sie mir gehört. Aber das ist doch absurd …»

«Ganz und gar nicht. Wir haben deswegen Grund

zu der Annahme, dass jemand möglicherweise Ihnen nach dem Leben trachtet.»

«Mir? Völlig ausgeschlossen. Wer sollte das tun? Warum?»

«Das fragen wir uns auch. Deswegen bin ich hier. Sie sind in Ihrer Glaubensgemeinschaft eine bekannte Persönlichkeit. Zumindest geht das aus der Ankündigung Ihres Seminars hervor. Ihre Biographie ist mir hingegen nicht bekannt. Ich muss gestehen, dass ich auch über Buddhismus nicht viel weiß. Es kommt nicht so häufig vor, dass wir hier mit solchen Dingen konfrontiert werden. Gibt es womöglich irgendwelche internen Querelen unter Buddhisten, in die Sie verwickelt sind? Haben Sie sich irgendwelche Feinde gemacht?»

«Der Buddhismus ist keine Religion im Sinne einer Kirche.»

«Das habe ich verstanden. Aber ich habe inzwischen auch gelernt, dass es die unterschiedlichsten Strömungen gibt, die Theravada-Schule, Mahayana, Zen-, Amida- und Vajrayana-Buddhismus. Ich weiß nicht genug darüber. Für einen Außenstehenden ist es jedoch vorstellbar, dass innerhalb dieser Strömungen gewisse Streitigkeiten bestehen, zumal der Buddhismus in Ländern verbreitet ist, die sich nicht unbedingt freundschaftlich gesinnt sind.»

«Die Unterschiede betreffen nicht den Kern der Sache», entgegnete der Shamayana prompt. «Es geht um Details und die Form der Vermittlung. Aber kein Buddhist würde aufgrund dieser geringfügigen Differenzen auf die Idee kommen, jemanden zu töten. Das wollten Sie doch hören, oder?»

Es war eindeutig ein Schweizer Dialekt, der das Deutsch des Shamayana einfärbte. Das angehängte fragende «Oder» bestätigte es. «Ihrer Sprache nach zu urteilen, kommen Sie aus der Schweiz?»

«Ja, in der Tat führte ich ein bürgerliches Leben, bevor ich mich endgültig entschloss …» Er fingerte umständlich ein sorgfältig gefaltetes Dokument aus der Tasche, die er unter der Wolljacke trug, und reichte es Leif. «Mein bürgerlicher Name lautet Janosz Kochem. Ich bin Schweizer Staatsbürger, lebe allerdings seit mehr als zehn Jahren in Montreal. Mein Pass erleichtert mir das Reisen ein wenig. Bevor ich 1991 nach Kambodscha ging, hatte ich eine psychiatrische Praxis in Zürich.»

Leif warf einen flüchtigen Blick auf das Dokument. «Es ist nur …»

Der Shamayana lächelte ihn an. «Die bürokratischen Formalitäten kenne ich aus der Schweiz zur Genüge.»

«Sie kannten Dr. Bassen nicht?»

«Nein, außer T'Hom Badschur ist mir niemand der Gäste vorher bekannt gewesen.»

«Woher kennen Sie T'Hom Badschur?»

«Aus meiner Zeit in Kambodscha. Wie Sie vielleicht wissen, war der Buddhismus in diesem Land während der Macht der Roten Khmer verboten. Natürlich nur offiziell, Menschen finden immer Wege, sich ihren Glauben zu erhalten. Aber die Umstände in diesem Land waren wirklich schwer. Von 1978 bis 1991 herrschte dort Gewalt. Subtile Gewalt. T'Hom lernte ich kennen, als ich im Jahr der Befreiung in ein kleines Dorf kam. Die Dorfältesten wollten ihm den Prozess machen, weil er für die Khmer als Bote gearbeitet hatte. Er war zu dem Zeitpunkt noch keine fünfzehn Jahre alt. Eine missbrauchte Kinderseele, abhängig gemacht durch Drogen. Ich habe mich seiner angenommen, habe ihm den Weg gezeigt. Seither kreuzen sich unsere Wege. Ich nehme an, dass er meine Seminare gezielt auswählt. Aber ich bin kein Guru – ich war erstaunt, als ich seinen Namen auf der Anmeldeliste der Teilnehmer las.»

«Sonst ist Ihnen niemand bekannt? Was ist mit dem, der sich Shangrila Gaya nennt?»

«Ich bin ihm nie zuvor begegnet.»

«Er ist sehr schweigsam.»

«Ja, selbst bei der Vorstellung hielt er sich äußerst bedeckt, meinte nur, er versuche Shingan zu leben. Als Meditation betreibt er Kyudo, den Weg des Bogens. Eine kontemplative Konzentration aller Sinne, deren Wurzeln aus dem Japanischen kommen.»

«Kennen Sie seinen wirklichen Namen?»

«Ich habe Shangrila Gaya akzeptiert.»

«Erzählen Sie mir von dem Morgen, als Kurt Bassen Ihre Schale benutzte.»

«Da gibt es nicht viel zu erzählen. Wir kannten uns ja erst seit wenigen Stunden. Den meisten Kursteilnehmern waren auch die Örtlichkeiten noch nicht vertraut. Ich war mit T'Hom in der Küche und habe den Tee aufgesetzt. Dann bin ich zur Vorratskammer, um Obst zu holen. Es ist bereits das dritte Mal, dass ich hier ein Seminar abhalte. Daher kenne ich mich schon ein wenig aus und habe den anderen gezeigt, wo sie was finden. Nachdem ich das Brot aus dem Ofen geholt hatte, bin ich in den Speisesaal. Er liegt zwei Räume weiter. Ich sah, dass Kurt Bassen aus meiner Schale aß, und klärte ihn kurz auf. Es war an sich nichts Schlimmes daran, und ich war ihm auch nicht böse, denn er konnte gar nicht wissen, dass die Schale mir gehörte – sie stand bei den anderen Gefäßen auf der Anrichte. Sie ist das Geschenk eines Mönchs, den ich während meines Aufenthalts in Laos kennenlernte, und ich pflege die Schale auf meinen Reisen stets bei mir zu tragen.»

«Wer hatte davon Kenntnis?»

«T'Hom Badschur kennt die Schale sicherlich.»

«Wie hat Bassen reagiert, als Sie ihn darauf ansprachen?»

«Er entschuldigte sich höflich, bot mir sofort an, sie abzuwaschen. Was ich natürlich ablehnte. Es schien ihm unangenehm zu sein.»

«Können Sie sich noch erinnern, wer mit im Raum war?»

«Neben Bassen saß die Lehrerin mit dem Doppelnamen, Gundula. Am Nachbartisch Dr. Remmter, Daniela Koch sowie Victoria mit ihrer Tochter. T'Hom war nicht im Zimmer. Auch Shangrila Gaya nahm am Frühstück nicht teil. Peter und Alexandra sind erst am Mittag angereist.»

«Wissen Sie noch, wann sich Dr. Kurt Bassen über Unwohlsein beklagte?»

«Das muss am späten Nachmittag gewesen sein. Ich selbst habe es von Kossetzki, dem Angestellten des Hauses, erfahren. Er hat dann auch den Krankenwagen verständigt. Gestern kamen dann diese zwei Herren, ich nehme an, es waren Kollegen von Ihnen, und haben sich erkundigt, was Bassen gegessen hat, da man von einer Lebensmittelvergiftung ausgehen müsse. Je länger ich darüber nachdenke – also, es wäre vielleicht besser, das Seminar abzubrechen.»

«Das würde meine Arbeit nicht unbedingt erleichtern», wandte Leif ein. «Es besteht durchaus die Möglichkeit, dass der Täter oder die Täterin es erneut versuchen wird.»

«Ich kann mir aber beim besten Willen keinen der Gäste als Mörder vorstellen.»

«Fast jeder Mensch ist dazu fähig, einen Mord zu begehen. Es ist alles eine Frage des Motivs.»

Es war das erste Mal, dass sich so etwas wie Entsetzen auf dem Gesicht des Shamayana abzeichnete. Er blickte Leif fassungslos an.

«Das», fügte Leif hinzu, «ist wahrscheinlich die einzige Weisheit, die ich Ihnen voraushabe.»

Die Seite baute sich nur langsam auf dem Bildschirm auf. Da es auf den Zimmern keine Telefonanschlüsse gab, blieb Leif nur der Weg über sein Handy, um sich ins Netz einzuwählen. Die Übertragungsgeschwindigkeit war die reinste Nervenprobe. Bis zum Abendtreffen waren noch zwei Stunden Zeit, das sollte reichen, um die neuesten Informationen abfragen zu können. Es war kurz vor sieben. Daniel Richter hatte natürlich schon Feierabend gemacht. Aber der große Bruder, wie Richter aufgrund seines Jobs beim Erkennungsdienst von Leif genannt wurde, hatte die Ergebnisse des Tages auf einer speziell für Leif eingerichteten Seite stichwortartig aufgeführt. Anscheinend kannte Richter die Probleme der Datenabfrage per Handyleitung.

Den Namen Janosz Kochem hatte Daniel Richter bereits herausgefunden. Kochem, 1945 in St. Gallen geboren, war Mediziner, 1971 hatte er in Psychiatrie promoviert. Den Namen Shamayana trug er seit 1985 als offizielles Pseudonym. Kochem besaß neben der Schweizer Staatsangehörigkeit auch einen kanadischen Pass. Den Doktortitel hatte er inzwischen abgelegt. Von 1991 bis 1997 hatte er in Kambodscha und Laos gelebt. Die Angaben, die der Shamayana ihm gegenüber gemacht hatte, stimmten also. Als Randnotiz hatte Richter noch vermerkt, dass Kochem als Shamayana in der buddhistischen Welt vor allem bekannt geworden sei, weil er vor knapp zehn Jahren eine Neuübersetzung des Pali-Kanons vorgelegt habe, die in weiten Kreisen nicht unumstritten sei. Leif notierte den Begriff. Zum Googeln war die Leitung eindeutig zu langsam. Bestimmt würde der Shamayana ihn darüber aufklären, wenn er ihn fragte. Vielleicht gab auch sein Buch Informationen über den Pali-Kanon her.

Dr. Kurt Bassen, 52, war als Geschäftsführer der

Firma CMV-Invest eingetragen, einer GmbH aus der Immobilienbranche. Ein Makler also, folgerte Leif, und zwar ein erfolgreicher. Zumindest ließen die angegebenen Wohnsitze diesen Schluss zu. Neben seiner Adresse in Potsdam hatte Richter einen Zweitwohnsitz in Warnemünde ausfindig gemacht, wo Bassen eine ganze Hotelsuite bewohnte, sowie einen weiteren Wohnsitz in Miami. Dr. Kurt Bassen war geschieden und hatte zwei erwachsene Töchter. Der große Bruder hatte vermerkt, dass zur Person noch mehr vorliege, er aber noch nicht dazu gekommen sei, alles zu durchforsten. Der Name Bassen würde auch im Zusammenhang mit mehreren Insolvenzen von Firmen auftauchen, bei denen er ebenfalls als Geschäftsführer eingetragen gewesen war.

Auch Remmter schien eine ziemlich große Nummer zu sein. Der promovierte Volkswirt war Manager und derzeitiger Vorstandsvorsitzender des Pharmakonzerns Medihuman AG. Leif erinnerte sich. Das Unternehmen war letztes Jahr international in die Schlagzeilen geraten, weil man in den USA bei irgendeinem Herzmittel der Firma besorgniserregende Nebenwirkungen festgestellt hatte. Was genau aus der Sache geworden war, wusste er nicht mehr, aber der Konzern hatte kurze Zeit später mehrere tausend Mitarbeiter entlassen müssen. Wahrscheinlich hatte man das Produkt vom Markt genommen. Jedenfalls passte das Bild, das sich Leif von Remmter gemacht hatte, perfekt zum gestressten Manager eines Großkonzerns.

Ganz unten auf der Seite hatte Richter noch eine kurze Notiz verfasst, das Gift betreffend, an dem Bassen gestorben war. Der Name lautete Colchicin. Dahinter waren noch ein paar lateinische Namen aufgeführt, die Leif aber nichts sagten. Er loggte sich aus und beendete die Verbindung. Dann vergewisserte er sich, dass niemand auf dem Flur war, der ihn hätte hören können, und wählte Geros Nummer. Er wusste, dass sich Lena mit solchen Dingen bestens auskannte. Außerdem hatte sie die Autopsie gemacht. Auch wenn ihm der Bericht vorlag, er hatte noch ein paar Fragen.

Sie war selbst am Apparat. «Hallo Leif. Wie schön, von dir zu hören.»

«Du weißt, wo ich stecke und was ich mache?»

«Ja, Gero hat davon erzählt. Du willst ihn sicher sprechen, aber er ist immer noch in der Dienststelle. Seit er diese SoKo leitet, sehen wir uns nur noch sporadisch. Kommst du uns denn mal besuchen?»

«Gerne. Ich wohne ja zurzeit nur einen Katzensprung von euch entfernt. Mit Gero treffe ich mich morgen – nein, ich wollte diesmal tatsächlich dich sprechen. Ich erhielt gerade die Nachricht, dass das Gift, an dem Kurt Bassen starb, identifiziert worden ist. Der Name lautet Colchicin. Ich kann damit nicht so viel anfangen, und meine Internetverbindung hier ist nicht die schnellste. Da dachte ich, du könntest mich kurz aufklären.»

«Natürlich, das Ergebnis lag heute auch bei mir auf dem Schreibtisch. Ich hatte bereits angenommen, dass es sich um ein Mitosegift handelt, aber trotzdem hat man so etwas gerne schwarz auf weiß, bevor man einen Verdacht äußert. Es handelt sich um einen pflanzlichen Wirkstoff. Colchicum autumnale – das Gift der Herbstzeitlosen. Ein wunderschönes heimisches Gewächs. Nur leider birgt die Pflanze in ihrer Blüte, so schön sie auch ist, einen der stärksten Giftstoffe, den wir in der Pflanzenwelt kennen. Die Herbstzeitlose ist schon fast als Mordpflanze zu bezeichnen. Es gibt zig literarische und filmische Morde, bei denen sie die Hauptrolle spielt. Von daher galt auch mein erster Gedanke der Colchicum autumnale, als ich Reste von Blütenblättern zwischen dem Müsli im Verdauungstrakt von Dr. Bassen fand.»

«Eine Verwechslung ist auszuschließen?»

«Ja. Das Zeugs kursiert neuerdings zwar auch in der Drogenszene als Streckmittel, genau wie die Blüten des Tulpenbaums, allerdings ist eine halluzinogene Konzentration nicht annähernd vergleichbar mit dem, was Bassen verabreicht wurde. Im Normalfall zeigen sich die ersten Vergiftungserscheinungen nach etwa zwei bis sechs Stunden. Nach zwölf bis 24 Stunden tritt der Tod durch Atemlähmung ein.»

Leif konnte eindeutig Geräusche auf dem Flur hören. Ein Türklappen war zu vernehmen. Er presste das Handy gegen das Ohr. Am liebsten wäre er mit dem Gerät unter die Bettdecke gekrabbelt. «Ich danke dir vielmals», flüsterte er. «Aber ich muss Schluss machen. Den Rest erfährst du morgen von Gero.»

Leif öffnete vorsichtig seine Zimmertür und blickte in den Flur. Gegenüber dem Badezimmer konnte er

Rika und ihre Mutter erkennen. Sie standen eng beisammen und hielten sich Arm in Arm. Langsam näherten sich ihre Gesichter. Der innige Kuss, den sie sich gaben, hatte nichts von dem, wie sich normalerweise Mütter und Töchter küssten. Lautlos schloss Leif die Tür.

KAPITEL 5

«Wir sollten spätestens um zehn dort sein», meinte Schenkendorf und studierte mehrere Zettel auf seinem Schoß. «Das erste für uns interessante Fahrzeug liegt auf Position 86. Der Aufruf beginnt um zehn, aber ich möchte mir die Wagen vorher gerne etwas genauer ansehen. Und wir wollen ja nicht auffallen. Viele kennen mich. Sie glauben natürlich, ich sei ein gewerblicher Händler. In dieser Branche kauft man nicht unbesehen – zumindest nicht in der für mich relevanten Preisklasse.»

«Bis zehn schaffen wir es allemal.» Conni wechselte die Spur und fädelte sich auf den Zubringer nach Wilhelmsburg ein. «Was hat es denn nun mit dieser Auktion auf sich? Ich habe das immer noch nicht genau verstanden.»

Schenkendorf tippte etwas in sein Notebook ein. «Wir beobachten seit einiger Zeit gezielt die Geschäfte in diesen Auktionszentren. Der Großteil der Fahrzeuge wird zwar übers Internet angeboten, aber dafür haben wir Spezialisten, die das für uns prüfen – das ist einfach. Da unsere Zielgruppe jedoch auch weiß, wie leicht man diese Internetauktionen beobachten kann, wechseln die Fahrzeuge in erster Linie im Straßengeschäft den Besitzer. Die für uns interessanten

Auktionszentren sind Hamburg und Berlin. Das mag an der relativen Grenznähe liegen, kann aber auch dadurch begründet sein, dass dort bevorzugt diese Wagen gefahren werden. Ich bin natürlich häufiger in Berlin anzutreffen, aber auch hier war ich schon ein paarmal. – Da vorne müssen wir abbiegen ...»

«Ich weiß», entgegnete Conni. Sie hatte sich die Strecke durch den Hamburger Hafen gut eingeprägt. Das war überhaupt nicht ihre Ecke hier. Überall Lastwagen und Containerverkehr, dazu noch die Schienen, die ständig die Straßen kreuzten. Die ganze Gegend schien nur aus Schuppen und Lagerhäusern zu bestehen, und die Kreuzungen waren derart unübersichtlich, dass man überhaupt nicht wusste, welche Ampeln und Verkehrsschilder zu welcher Straße gehörten. In der Nacht musste eine Durchfahrt der reinste Horrortrip sein. Sie bog auf den Kattwykdamm ein. Ab hier war die Strecke einfach. Auf der rechten Seite tauchten riesige Autohalden auf.

«Das sind alles Neuwagen», kommentierte Schenkendorf und lächelte sie an. «Für uns nicht interessant.»

Die Menge an Fahrzeugen war unvorstellbar groß. Es machte den Eindruck, als stünden die Wagen in endlosen Reihen bis zum Horizont. «Wollen Sie denn einen Wagen ersteigern?», fragte Conni, als Schenkendorf ein großes Schild mit Zahlen hervorzog.

«Nein, das ist kein Kennzeichen, sondern meine Gewerbenummer. Ohne die kommen wir nicht rein. Die Teilnahme an diesen Auktionen ist ausschließlich

Kfz-Händlern gestattet.» Er zwinkerte ihr zu. «Sind wir natürlich. – Aber um Ihre Frage zu beantworten, ja, hin und wieder muss ich natürlich auch mal ein Fahrzeug ersteigern und nicht nur mitbieten. Sonst fällt's schon auf.»

Conni stoppte den Wagen vor einem Schlagbaum.

«Hier geht's nicht weiter», meinte Schenkendorf.

«Ja, das sehe ich.» Conni lenkte den Passat rückwärts in eine enge Parklücke. Den Dienstwagen beherrschte sie inzwischen genauso gut wie ihren Corsa, auch wenn man mit dem Kleinwagen natürlich noch besser einparken konnte.

«Nicht schlecht – das ging ja flott.»

«Bitte?»

«Ähh ... die Fahrzeit ... wie Sie sagten ... Noch vor zehn sind wir hier.» Schenkendorf schaute verlegen auf seine Armbanduhr.

«Ach so», entgegnete Conni und erwiderte Schenkendorfs Blick mit einem eiskalten Lächeln. Wahrscheinlich hatte er es auch noch als Kompliment verstanden. Auf solche Chauvisprüche stand sie überhaupt nicht. Offenbar hatte er es endlich begriffen, denn für einen Augenblick herrschte betretenes Schweigen.

«Dann löse ich jetzt mal die Eintrittskarten.» Er verschwand in einer Art Pförtnerhäuschen, das neben dem Schlagbaum stand. Nach kurzer Zeit kam er wieder und reichte Conni eine kleine Plastikkarte, die sie, genau wie Schenkendorf, gut sichtbar am Kragen ihrer Jacke befestigte. Es war lausig kalt. Conni vergrub ihre Hände in den Taschen und zog die Schultern zusammen. Von Westen her pfiff ihnen ein eisiger Wind entgegen. Über den Halden ließen sich einige Möwen spielerisch durch die Böen treiben.

«Ich verstehe immer noch nicht ganz, was wir hier eigentlich wollen», sagte Conni, während sie an den großen Parkplätzen vorbeigingen, auf denen mehrere hundert Gebrauchtwagen aller Größen und Marken standen. Auf den Dächern waren kleine Schilder mit fortlaufenden Nummern aufgestellt. «Wenn hier nur Händler verkehren … Was beobachten wir?»

«Einen Gewerbeschein kriegt man schnell», entgegnete Schenkendorf. «Auf diesen Auktionen tummeln sich alle möglichen schrägen Vögel. Viele von ihnen kommen aus dem Ausland, es sind auch welche darunter, die nur als Vermittler auftreten. Das werden Sie nachher noch in der Halle mitbekommen, wenn die Wagen aufgerufen werden. Die sitzen dann an der Vorführgasse und stehen während der Auktion in ständigem Telefonkontakt mit ihren Auftraggebern. Ich möchte das Wort Hintermänner lieber nicht benutzen. – Wir sollten uns hier übrigens besser duzen, wenn wir nicht auffallen wollen. Ich heiße Carlos.»

«Cornelia. Auch Conni genannt.» Ein schöner Vorwand, dachte sie. «Der Name, deine Hautfarbe … wenn dein Nachname nicht so urdeutsch wäre, könnte man dich glatt für einen Spanier halten.»

Schenkendorf warf den Kopf in den Nacken und strich sich die Haare hinter die Ohren. «Mein Vater kommt aus Argentinien – er hat meine Mutter aber nicht geheiratet.»

«Verstehe. Dann lag ich ja gar nicht so verkehrt.»

«Also … die Wagen werden in der Reihenfolge ihrer Nummerierung aufgerufen. Wir brauchen jetzt nicht alle Reihen abzulaufen und uns die in Frage kommenden Modelle zu merken. Dafür gibt es den Auktionskatalog.» Er schlug einen Stapel lose zusammengehefteter Blätter auf. «Im Katalog sind die Fahrzeuge näher beschrieben: Hersteller, Modell, Motorisierung, Erstzulassung, Kilometerstand, Ausstattung … Aber schau es dir am besten selber an.» Er reichte ihr die Blätter. «Ganz hinten steht der Preis, mit dem der Wagen ausgerufen wird.»

Conni verschaffte sich einen kurzen Überblick. «Das klingt nicht schlecht», meinte sie schließlich. «Zum Beispiel der hier. Ein schwarzer Polo, 60 PS von 98. Nur achtzigtausend Kilometer gelaufen, für 1900 Euro. Und der Dunkelgrüne hier sogar für nur 1200.»

«Nicht gerade das, was wir suchen. Außerdem ist das der Ausruf, nicht der Preis, der bezahlt wird. Den kann man ja noch nicht wissen. Ist ja 'ne Auktion …»

«Okay, schon verstanden. Trotzdem finde ich das günstig. Wie bezahlt man hier eigentlich?»

«Das Gebot gibt man durch Heben der Nummernkarte ab. Wenn du den Zuschlag hast, gehst du am Ende der Auktion zur Kasse. Ist wie im Supermarkt. Barzahlung, telegraphische Eilzahlung oder aber per Scheck.»

«Gut. Und was suchen wir nun?»

«Zum Beispiel so was hier.» Schenkendorf blätterte eine Seite zurück und zeigte auf die Nummer 183. «Den sollten wir uns jetzt schon mal anschauen. Nicht wegen des Wagens, sondern wegen der möglichen Interessenten.»

Conni studierte die Angaben zum Wagen und hob die Augenbrauen. «Ein ML 320 mit Vollausstattung, dieses Jahr zugelassen, für 7800 Euro? Das ist ja wohl ein Schreibfehler.»

Schenkendorf tippte auf die dritte Spalte im Katalog, wo klar und deutlich «Unfall» vermerkt war. Sie standen bereits vor dem Wagen oder besser vor dem, was davon übrig geblieben war. Der einst stolze Mercedes sah aus, als wenn er in einen Schredder geraten war. Völlig windschief, kein Karosserieteil schien noch in Ordnung zu sein. Angesichts des Blechhaufens fragte sich Conni, wer bereit war, dafür 7800 Euro oder sogar noch mehr zu bezahlen.

«Der Preis bezieht sich auf Motor und Steuergerät. Vielleicht sind noch ein paar unbeschädigte Teile der Innenausstattung zu gebrauchen. Aber die Mühe, den Krempel da auszubauen, macht sich keine deutsche Werkstatt – zu viel teure Arbeitszeit.»

Conni hatte inzwischen registriert, dass sie offenbar in der Abteilung für nicht mehr fahrfähige Wagen gelandet waren. Um sie herum standen Fahrzeuge in den unterschiedlichsten Zuständen der Zerstörung. Anders konnte man die Beschaffenheit einiger Wagen wirklich nicht bezeichnen. Staunend ging sie um die Wracks herum. Carlos Schenkendorf hatte jemanden getroffen, den er kannte. Der Mann mit dem grünen Parka und der merkwürdigen Pudelmütze hatte ihn gleich zu einem anderen Wagen dirigiert, an dem anscheinend irgendwas besonders interessant war. Die beiden unterhielten sich angeregt, und Conni schaute sich weiter um. Bei der Nummer 232 war überhaupt nicht mehr zu erkennen, um was für ein Fahrzeug es sich gehandelt haben könnte. Den Katalog hatte Schenkendorf bei sich. Conni rätselte. Irgendein großer Geländewagen jedenfalls. Der Wagen war total ausgebrannt und der Motorraum zudem völlig deformiert. Die rostige Karosserie sah gespenstisch aus. Als Carlos Schenkendorf ihr auf die Schulter klopfte, drehte sie sich erschrocken um.

«Darf ich vorstellen, das ist Conni. Conni, Mikka. Mikka kommt aus Helsinki. Wir kennen uns schon lange.»

«Angenehm.» Conni reichte dem Mann die Hand.

«Ein wirgglich charmante Bekleitung hast tu da heut», meinte Mikka in gebrochenem Deutsch und zeigte eine ganze Reihe schlechter Zähne.

«Leider nur heute», entgegnete Schenkendorf und lächelte Conni zu. Dann wandte er sich wieder Mikka zu. «Und du? Schon was Interessantes gefunden?»

Mikka wiegte den Kopf. «Drei viert, die vielleigt in Fragge kommt. Wenn nur nigt der Ungarr hier. Du erinnst lätz Wogge in Bärlin? 120000 leggt der Orosz auf die Tische für die Ferrari – warm nur könne zahlen die das?»

«Keine Ahnung, Mikka. Ich versteh das auch nicht.

Mit seriöser Kalkulation hat das sicher nichts mehr zu tun. Ich weiß nur, wenn das mit den Preisen so weitergeht, wirst du hier bald keinen einzigen deutschen Händler mehr sehen. Wir können das einfach nicht bezahlen. Schau dir den hier an.» Schenkendorf zeigte auf den ausgebrannten Schrotthaufen. «Ein BMW X5 – da ist gar nichts mehr dran zu gebrauchen. Steht hier mit 'nem Ausruf von zwei acht in der Liste. Und ich wette mit dir, der geht fünfstellig in den Osten. Die Autohäuser, die ihre Wagen hierherbringen, freut das natürlich. Denen ist es völlig egal, wo die letztendlich landen.»

«Du saggt es.» Er schien einen anderen Bekannten gesichtet zu haben. «Da vorrne stet der Lohddar – igg musste dann wiedda.» Mikka tippte Conni mit seinen öligen Fingern gegen die Schulter, dann zwinkerte er ihr zu und deutete auf Schenkendorf. «Isst ein Nedder.» Er hastete davon.

«Mikka wird hier nur der Luxusfinne genannt», erklärte Schenkendorf wissend, als er außer Hörweite war. «Er profitiert von der unglaublichen Luxussteuer in Finnland. Er interessiert sich nur für Sportwagen der Oberklasse. Bevor er den Einfuhrzoll bezahlt, besorgt er sich hier einen Kaufvertrag, in dem ein niedrigerer Kaufpreis steht. Zoll und Steuer richten sich nach der Summe im Kaufvertrag, nicht nach dem Marktwert.»

«Das ist Betrug», kommentierte Conni.

«Richtig», bestätigte Schenkendorf. «Machen aber viele so. Schau dir Mikka an. Ende fünfzig bestimmt.

Er wird über die Runden kommen. Reichtümer hortet der mit der Masche aber bestimmt nicht.»

«Und wie kommt er an einen passenden Kaufvertrag? Das geht doch nur von Händler zu Händler.»

Schenkendorf zuckte mit den Schultern. «Keine Ahnung.» Es wirkte nicht sehr glaubwürdig.

«Das sind also unsere Favoriten hier.» Er deutete auf die Schrottwagen. «Der schwarze X5 ist natürlich der Hammer. Die Nummer zwo drei zwo. Das wird noch spannend …»

Er reichte Conni den Katalog, und sie verglich die Nummern, hinter denen Schenkendorf ein Kreuz gemacht hatte, mit den Autos neben ihr. Porsche, BMW, Mercedes, Lexus, sogar ein Aston Martin war darunter. Alles in allem Autos, die einen Neupreis von jeweils mehr als hunderttausend Euro repräsentierten und hier für gut ein Zehntel ausgerufen wurden. Der Stundenlohn eines Arbeiters in Polen und Tschechien war bekannt. Dennoch bezweifelte Conni, dass diese Wagen überhaupt zu reparieren waren, egal wie fähig Karosseriebauer und Autoschlosser im Osten waren. «Wenn diese Wagen alle in den Osten gehen …»

Schenkendorf schüttelte den Kopf und blickte sich vorsichtig um, als wollte er sich vergewissern, ob sie jemand hören könnte. «Am liebsten würde man die Schrotthaufen noch an Ort und Stelle entsorgen, aber das wäre zu auffällig. Also lädt man sie auf einen Anhänger und bringt sie brav über die Grenze.»

Conni schaute ihn ungläubig an.

«Der Ferrari, von dem Mikka eben erzählt hat …

Ein ungarischer Händler hat 120000 dafür auf den Tisch gelegt. Das Modell ist im Neuzustand überhaupt nicht mehr käuflich zu erwerben, war innerhalb weniger Wochen ab Werk ausverkauft. Liebhaber zahlen für einen solchen Wagen über eine halbe Million. Drei Tage nach der Auktion wurde aus einer Tiefgarage in Udine ein solcher Wagen gestohlen. Gleiches Modell, gleiche Ausstattung, gleiche Farbe. Udine liegt keine hundert Kilometer von der slowenischen Grenze entfernt, und Slowenien grenzt an Ungarn ...»

Langsam ging Conni ein Licht auf. «Die wollen gar nicht die Wagen ...»

Schenkendorf nickte. «Genau. Die sind nur am Fahrzeugbrief interessiert. Die erworbenen Leichen werden vielleicht noch ausgeschlachtet und dienen als Ersatzteillager, aber was man eigentlich ersteigert, das ist der Brief, die Besitzurkunde. Damit wird der gestohlene Wagen legalisiert. Kannst du dir vorstellen, was die teilweise für eine Gewinnspanne haben? Deshalb bieten die auch so hoch, dass keiner mithalten kann. Das hat mit dem Zustand der Wagen hier gar nichts zu tun. Der Aston Martin kostet neu knapp 400000 Euro. Zuzüglich der Luxussteuer in bestimmten Ländern, die beim Import anfallen. Importierst du Schrott, zahlst du keine Luxussteuer. Dass letztendlich ein anderes Fahrzeug als reparierter Unfallwagen angemeldet wird, das bekommen die Behörden ja nicht mit. Der Aston Martin wird mit 75000 aufgerufen. Der Wagen hat einen Frontschaden, die Karosserie ist bis zur C-Säule verzogen, und der Motorblock hat einen

Riss. Wenn der mehr als 100 000 bringt, dann ist da was faul. Allerdings gehen solche Exoten nicht im Osten. Da fehlt es an Werkstätten.»

«Jetzt begreif ich auch, warum Farbe und Ausstattung stimmen müssen. Die stehlen also die Wagen nach den Vorgaben, die sie ersteigert haben.»

«Exakt. Neue Identifikationsnummern an der Karosse bekommt heutzutage jeder Lehrling hin. Notfalls werden die Teile ausgetauscht.»

«Raffiniert.»

«Eigentlich ganz banal. Das einzige Risiko ist die Fahrt zwischen Diebstahl und Grenzübertritt, weil da die Nummern noch nicht übereinstimmen. Aber welcher Zöllner weiß schon bei einem Porsche Cayenne, wo die Fahrgestellnummer eingestanzt ist. Und wenn dann vielleicht noch eine schöne Frau wie du am Steuer sitzt ...» Wieder dieser listige Blick. «Von daher ist eure Aktion hier im Lauenburgischen für uns hochinteressant und kommt genau zum richtigen Zeitpunkt, weil eine große Menge von Beamten eh damit beschäftigt ist, Autos zu überprüfen. Wir beobachten die Auktionen jetzt seit einem guten Jahr. Und da die Versicherungen als Verband zusammenarbeiten, können wir über die Verträge der einzelnen Versicherungsunternehmen binnen weniger Stunden herausfinden, wo die gleichen Fahrzeuge sonst noch vor der Tür stehen. Gut, nicht ganz, aber zumindest wissen wir, wo der Halter wohnt. Das Einzige, was wir nicht haben, ist genügend Personal, um die Wagen gegebenenfalls unter Beobachtung zu stellen. Bei einigen Modellen gibt es in relativer Grenznähe schon mal ein paar hundert solcher Duplikate in Deutschland. X5 oder Tuareg in Schwarz haben ja schon fast Grabbeltischniveau.»

«Die Besitzer müssten ja auch informiert werden, und da kann ich mir schon vorstellen, dass es insbesondere den Herstellern gar nicht recht ist, wenn der Käufer eines bestimmten Modells von euch angerufen wird und ihr ihm mitteilt, dass sein Wagen möglicherweise in den nächsten 24 Stunden gestohlen wird.»

«Du sagst es. Die Hersteller kooperieren nicht unbedingt mit uns.» Schenkendorf blickte zur Uhr. «So, es geht gleich los, und ich würde vorher noch gerne was essen. Frühstück fiel nämlich bei mir aus. Da drinnen ist ein Stand, wo's Frikadellen und Bockwürste gibt. Willst du auch was?»

«Vielleicht nachher einen Kaffee, danke. Ich schau mich hier noch ein wenig um und komme dann nach.»

In der Halle war es noch kälter als auf dem Vorplatz. Inzwischen hatte sich die Herbstsonne zwar durchgekämpft, aber hinter dem großen Tor, durch das ständig Wagen in die Halle gefahren wurden, schlug Conni düstere Kälte entgegen. Dazu kam eine Mischung aus Motorabgasen, Zigarettenqualm und dem Geruch fettiger Pommes. Aus mehreren Lautsprechern dröhnte eine unablässig quasselnde Stimme. Vereinzelt vernahm sie Begriffe wie Servolenkung, Klimaanlage, Erstzulassung, aber alles in allem waren die Ansagen ein Kauderwelsch, das vor allem durch die unglaubliche Schnelligkeit der Aussprache zu einem unverständlichen sprachlichen Knäuel mutierte.

Ihre Augen suchten den Raum nach Schenkendorf ab. Die Halle war durch die Gasse in der Mitte in zwei Teile geteilt. Auf der rechten Seite gab es eine kleine hölzerne Empore, darüber saß der Auktionator mit einer ganzen Crew von Helfern hinter Bildschirmen, die unaufhörlich auf ihre Tastaturen einhämmerten. Die linke Seite der Halle schien den Händlern vorbehalten. Einige saßen auf Bänken, die wie eine Tribüne angeordnet waren, andere hatten sich an runden Tischen niedergelassen, die im vorderen Bereich neben der Gasse standen. Dahinter hatte man zwei Imbissstände aufgebaut, die auch gut frequentiert wurden. An einem hatte sich eine ziemliche Schlange gebildet.

Die Wagen stoppten kurz in der Mitte, dann fing die Stimme des Auktionators an, sich zu überschlagen. *Einnissan-terrano-zweites-modell-von-siebenundneunzig, zweikommavier-liter-maschine-mit-fünfundachtzig-kilowatt-hundertneunundzwanzig-tausend-kilometer-abgelesen.* Es war kaum möglich, dem Schwall der Worte zu folgen. *Metallic-mit-elektrischem-schiebedach-alufelgen-anhängerkupplung-elektrische-fensterheber-abs-servolenkung-zentralverriegelung-aus-zweiter-hand-für-viertausendfünfhundert-euro, viertausendsechshundert-der-herr-dort-am-eingang, viertausendsiebenhundert, viertausendachthundert-der-herr-hinten-links, viertausendneunhundert-fünftausend-der-herr-am-eingang …*

Schenkendorf war nirgends zu sehen. Connie

konnte erkennen, wie die Nummernkarten an den Tischen und auf den Bänken abwechselnd gehoben wurden. Die Stimme des Auktionators kam den Geboten kaum nach. *Fünftausend-vierhundert-für-diesen-nissan-mit-nur-hundertneunundzwanzigtausend-gelaufen-zum-ersten, fünftausendfünfhundert-für-den-herrn-links, fünftausendsechshundert-der-herr-in-der-mitte, fünftausendsechshundert-zum ersten … zum zweiten … und zum dritten, an den herrn mit der nummer 251392.*

Erst jetzt schien der Auktionator eine Atempause zu machen, aber kurz darauf wurde ein Mercedes durch das Tor gefahren, und schon ging es in voller Lautstärke weiter. *Ein-mercedes-e-klasse-automatik-in-onyxgraumetallic-von-dezember-sechsundneunzig …*

Conni versuchte, die Stimme auszublenden. Ihr Blick suchte das Publikum ab. Deutlich mehr als die Hälfte der Anwesenden waren Ausländer, vornehmlich Südeuropäer. Nur wenige Frauen waren darunter, und wenn, dann als Begleitung, eingehüllt in dicke Thermojacken und Daunenwesten in grellen Farben. Viele der Händler waren am Telefonieren, einige trugen sogar ein Headset. Es war zu erkennen, dass kaum in Gruppen zusammengesessen wurde. Hier kämpfte jeder für sich allein. Hin und wieder beugte man sich dem Nachbarn zu.

Carlos Schenkendorf saß in der vorletzten Reihe der Tribüne und winkte sie zu sich hoch. Auch er hielt ein Handy am Ohr.

«Sag mal, verstehst du das alles?», fragte Conni im Flüsterton, als er das Gespräch beendet hatte, und musste die Frage wiederholen, weil es viel zu laut in der Halle war.

«Alles eine Sache der Übung», antwortete Schenkendorf und reichte ihr einen Becher Kaffee. «In zwei, drei Stunden verstehst du jedes Wort.»

«Danke. Wie lange wollen wir denn bleiben?»

«Auf jeden Fall bis zu Nummer 232. Das Ding ist der absolute Knaller. Und dann haben wir auf der 318 noch eine S-Klasse mit Heckschaden, die nehmen wir auf jeden Fall noch mit. Wenn sie in dem Tempo hier weitermachen, dann ist für uns um halb vier Schicht.»

Wenn anstelle der Stimme des Auktionators sanfte Musik aus den Lautsprechern gekommen wäre, hätte man von hier oben den Eindruck haben können, man befände sich auf einer Modenschau. Die Wagen in der Gasse erinnerten Conni fast an Modelle auf einem Laufsteg.

Inzwischen hatte der Auktionator gewechselt. Bei dem Redefluss, den man hier vorlegte, konnte man das auch nicht länger als zehn Minuten aushalten. «Kennst du hier eigentlich viele Leute?»

«Etwa die Hälfte vom Sehen. Es sind immer dieselben Händler, die kommen. Mein Augenmerk gilt natürlich nur einer bestimmten Klientel. Viele haben sich spezialisiert, einige bieten nur auf Kleinwagen, andere ausschließlich auf Exmieter. Also auf ausrangierte Mietwagen von Sixt und Konsorten. Wieder andere suchen ganz speziell, etwa der Tunesier da unten, der kauft nur Peugeot Diesel. Am liebsten Kombis. Die gehen dann nach Nordafrika. – Na, dann hat Mikka ja doch was ergattern können.» Offenbar hatte Schenkendorf mit einem Ohr die Auktion mitverfolgt. Er zeigte auf einen der runden Tische, und Conni konnte die Pudelmütze des Finnen erkennen, der sein Schild in die Höhe hielt. Dem blauen Audi Roadster, der kurz darauf aus der Gasse gefahren wurde, konnte Conni überhaupt nichts abgewinnen.

Die Nummer 86 war ein Porsche Carrera, in etwa so, wie sie ihn gerade selber fuhr. Motorisierung und Ausstattung wurden jedoch so schnell vorgetragen, dass sich ein Vergleich erübrigte. Der Stimme des Auktionators konnte sie einfach nicht folgen. Außerdem hatte sie Leifs Fahrzeugschein noch gar nicht studiert. Der Porsche hatte einen ziemlich starken Wildschaden, beide Kotflügel, Motorhaube und der Holm über der zerborstenen Frontscheibe wiesen deutliche Beschädigungen auf. Auch der Innenraum hatte etwas abbekommen. Dennoch wurde der Wagen mit 29 000 Euro ausgerufen, und es wurde kräftig geboten.

Auch Mikka schien Interesse zu haben. Conni überlegte kurz, was solch ein Wagen wohl neu kostete – woher nahm Leif nur das Geld? Schenkendorf machte sich eifrig Notizen. Der Wagen wechselte schließlich für etwas über 37 000 Euro den Besitzer. Der Finne war bei 32 000 ausgestiegen. Schenkendorf griff sofort zum Handy und gab die Daten durch.

«Lass uns mal nach hinten gehen», meinte er zu Conni und deutete auf eine weitere Halle, die sich der ersten anschloss. Hierher wurden die Wagen herausgefahren, es gab noch weitere Imbissstände sowie die Kasse. «Ich möchte nur sehen, wie der Käufer zahlt.»

Sie stellten sich unauffällig neben die Kasse, und Schenkendorf zündete sich eine Zigarette an, während er das Geschehen beobachtete. «Ich kenne den Mann nicht. Noch nie gesehen.»

«Mit wem hast du telefoniert?»

«Unserer Zentrale. Ich gebe die Fahrzeugdaten und die Fahrgestellnummer durch.»

«Und woher kennst du die?»

«Die Daten stehen ja im Auktionskatalog, und die Fahrgestellnummern habe ich mir vorhin bei allen in Frage kommenden Autos notiert.»

«Das habe ich gar nicht mitbekommen», wunderte sich Conni.

«Wenn man weiß, wo man sie findet, ist das eine Sache von ein paar Sekunden», erklärte er gelassen. «Das mache ich automatisch, wenn ich einen Wagen inspiziere.»

Conni hatte nicht einmal bemerkt, dass Schenkendorf die Wagen überhaupt genauer in Augenschein genommen hatte. Sie überlegte einen Moment, an welcher Stelle der Karosserie bei ihrem Corsa die Nummer eingestanzt war, aber sie musste sich eingestehen, dass sie nicht die geringste Ahnung hatte. Sie beschloss, bei ihrem nächsten Wagen nachzusehen.

Die weiteren Wagen, die für sie interessant waren, wurden nicht in der Halle vorgeführt, weil sie nicht fahrfähig waren. Der Mercedes mit der Nummer 183, der mit 7800 Euro ausgerufen worden war, wurde tatsächlich für fast 28 000 Euro ersteigert. So viel Geld für einen windschiefen Schrotthaufen! Schenkendorf musste recht haben mit seiner Vermutung, dachte Conni, anders war das nicht zu erklären. Wieder nahm er Kontakt mit seiner Zentrale auf und gab die Daten durch. Es folgte noch ein silberner Porsche Cayenne, aufgerufen mit 22 000, der am Ende für über 40 000 Euro den Besitzer wechselte. Dann machten sie Mittagspause.

Spätestens in drei Stunden bekomme er Antwort, ob es identische Fahrzeuge mit Ratzeburger Kennzeichen gebe, erklärte Schenkendorf. Dann könnten sie aktiv werden und ihre Kollegen informieren.

Die Currywurst schmeckte grausam, der Kaffee war plörrig, wärmte aber dennoch. Gespannt warteten sie auf den Ausruf der Nummer 232. Der ausgebrannte BMW wurde natürlich auch nicht vorgeführt.

Ein brandschaden, der-nur-vier-monate-alte-BMWX5-mit-der-nummer-zwohundertzwounddreißig … für-nur-zwotausendachthundert-euro, höre ich ein gebot? Zwotausendachthundert-der-mann-auf-der-bank-links,zwotausendneunhundert,dreitausend-der-mann-am-eingang,dreitausendeinhundert. Wie Schenkendorf es vorausgesagt hatte, erfolgte der Zuschlag tatsächlich erst bei einer fünfstelligen Summe. Es war unglaublich. Der Käufer, ein korpulenter Mann mit Meckischnitt und schwarzer Felljacke, hatte alle Gegengebote souverän abgeschmettert. Schenkendorf hatte bis 10 000 mitgeboten.

Zum Schluss hatte er seine Karte sogar dauerhaft hochgehalten, und der Auktionator war fast außer Atem gekommen. *12400 Euro für den Herrn mit der Nummer 119467.*

«War das nicht riskant?», fragte Conni. «Was wäre gewesen, wenn du ihn bekommen hättest?»

Schenkendorf lächelte und griff zum Handy. «Ich bin mir sicher, der Kerl wäre noch höher gegangen.»

«Und wenn nicht?»

Er zuckte die Schultern. «Spesen.»

Beim Ausruf des Aston Martin herrschte fast andächtiges Schweigen, nur ein raunendes Murmeln war zu vernehmen. Zu einem solchen Preis wurde hier anscheinend nicht häufig ausgerufen. 75000 Euro. Der Mann, der den Brandschaden ersteigert hatte, war wieder der Erste, der sein Schild hob. Zwei weitere hielten dagegen. Nach knapp zehn Minuten waren 100000 erreicht, und es schien kein Ende nehmen zu wollen. Conni blickte ungläubig zu Schenkendorf, der bei 120000 tatsächlich einstieg und anscheinend Spaß daran hatte, den Preis zu pushen. Einen Augenblick lang glaubte Conni sogar, er wolle den Wagen wirklich ersteigern. Es blitzte in seinen Augen, und seine Zungenspitze strich nervös über seine Lippen. Das Bild des geborenen Spielers, dachte sie. Sie konnte sich Schenkendorf gut in einem Casino vorstellen, als charmanten Gigolo und Begleiter gelangweilter Millionärswitwen. Bei 150000 stieg er aus. Conni hatte zum Schluss den Atem angehalten.

Einhundertfünfzigtausendeinhundert-zum ersten … zum zweiten … und zum … dritten. Der Hammer fiel, und es war zu erkennen, dass sich der Auktionator erleichtert den Schweiß von der Stirn wischte. *an den herrn mit der nummer 119467.*

«Du hast nicht zufällig einen Fotoapparat dabei?», fragte Schenkendorf ganz ruhig. «Ich hätte wahnsinnig gerne ein Bild von dem Mann. Noch nie gesehen – und dann gleich drei Dinger. Ich bin gespannt, ob er den Daimler am Schluss auch noch nimmt.»

«Nein, habe ich nicht. Aber du hast Nerven … 150000! Warst du dir wieder absolut sicher?»

«Absolut. Und bei dem Aston Martin haben wir gute Chancen. Davon fahren nicht viele herum. Vielleicht sind fünfzig in ganz Deutschland zugelassen. Mehr bestimmt nicht in der Farbe. Wir müssten allerdings unglaubliches Glück haben, wenn so ein Wagen auch noch in eurem Bezirk steht. Aber unsere Zentrale recherchiert deutschlandweit. Bei einem solchen Exoten kann man schon mal einen Detektiv anheuern, um gefährdete Wagen überwachen zu lassen.»

Bis zur Nummer 318 verging noch über eine Stunde. Als der Wagen endlich hereingefahren wurde, hatte sich Conni etwas an die Hochgeschwindigkeitssprache der Auktionatoren gewöhnt. Sie konnte inzwischen sogar Unterschiede in der Betonung heraushören. Tatsächlich ging die 500er S-Klasse mit dem Heckschaden auch an den Mann mit der Felljacke. Für 44300 Euro.

«Das war's dann für uns», meinte Schenkendorf,

griff nach seinem Handy und machte Anstalten aufzustehen. «Bin ja mal gespannt.»

«Einen Augenblick noch.» Die Nummer 321 hatte Conni vorhin schon im Auge gehabt. Schenkendorf guckte sie verständnislos an, während er telefonierte. Bei 2800 griff sie nach seiner Karte und hielt sie hoch.

«Was soll das jetzt?», fragte Schenkendorf, aber sie beachtete ihn nicht. Niemand schien weiter an dem Wagen Interesse zu haben

… und zum dritten an die dame dort oben mit der nummer 221324.

Na also. Fast hätte sie vor Freude aufgeschrien, hielt sich aber zurück.

Schenkendorf schaute immer noch verblüfft. «Und was wollen wir damit?»

«Spesen», sagte Conni nur und grinste. «Nein, der geht auf meine Rechnung. So einen in Grün wollte ich schon immer. Und zu dem Preis … Musst du als Händler natürlich für mich auslegen.»

Schenkendorf sagte nichts, nickte nur. So wie er aussah, überlegte er wahrscheinlich, ob sie sich gerade einen Scherz mit ihm erlaubt hatte oder ob es ihr ernst war.

Nachdem Schenkendorf die Formalitäten an der Kasse erledigt hatte, wurde er von einem hageren Mann in einem hellen Trenchcoat begrüßt, der ihm freundlich die Hand schüttelte. Conni stand etwas abseits an einem der Imbissstände. In Gedanken war sie bereits bei ihrem neuen Wagen und überlegte, wann sie ihn abholen konnte. Sie konnte erkennen, wie die beiden herzhaft lachten. Der Mann schlug Schenkendorf mehrmals anerkennend auf die Schulter. Schließlich steckte er ihm etwas zu, ein Bündel Geldscheine. Conni stand nahe genug, um die Farbe der Scheine erkennen zu können. Demnach musste es sich um einen ziemlich hohen Betrag handeln.

KAPITEL 6

«Die Welt ist Klang, Klang ist Schwingung, Schwingung ist Energie, Energie ist Leben.» Der Shamayana schlug vorsichtig mit einer Art Holzklöppel auf die tibetische Klangschale vor sich. Ein Schwall metallischer Schwingungen breitete sich aus und schwebte in der Mitte des Raums. Nichts bewegte sich. Alle hielten die Augen geschlossen und lauschten dem Klang. Sie sollten sich auf die Obertöne konzentrieren. Leif blinzelte vorsichtig in die Runde. Sich vorstellen, der Klang sei eine Wolke, die einen mit sich auf die Reise nahm. Der Ton stand immer noch im Raum, schien sich auszubreiten.

Neben ihm knirschte es. Im Augenwinkel konnte er sehen, wie Daniela Koch ihre verschränkten Beine langsam zur Kreismitte hin öffnete. Auch seine Nachbarin hatte sich heute eins der runden Kissen als Sitzunterlage genommen. Die Füllung dieser Zafus bestand wahrscheinlich aus Kirschkernen. Bereits bei der kleinsten Bewegung hörte man es rascheln und knacken. Leif musste an die Sitzsäcke denken, die in den Siebzigern modern gewesen waren. Mit Grausen erinnerte er sich, wie sich die Styroporkugeln der Füllung im Zimmer verteilt hatten, wenn die Außenhaut einen Riss bekommen hatte. Das sei der Tod jedes Staubsaugers, hatte seine Mutter geflucht und versucht, der statisch aufgeladenen und überall klebenden Kügelchen in seinem Kinderzimmer Herr zu werden. Jedenfalls schliefen einem auf diesen Zafus nicht die Beine ein. Leif versuchte, sich wieder auf den Ton zu konzentrieren, der nach wie vor über ihnen zu schweben schien. Eine Einstimmung auf das heutige Thema, bei dem es um die Harmonie planetarer Stimmtöne gehen sollte.

Zuvor hatten einige der Teilnehmer in der Runde über ihr Dhamma tanha gesprochen, ihre persönliche Gier, ihren Durst. Das war sozusagen die Hausaufgabe gewesen. Freiwillig natürlich – niemand wurde hier gezwungen, sein Innerstes nach außen zu kehren. Gerade deshalb hatte es Leif erstaunt, wer von den Teilnehmern das Bedürfnis hatte, vor der Gruppe davon zu berichten.

Nun ja, der Shamayana war schließlich ein Profi. Als Psychoanalytiker war er mit allen Tricks und Wegen vertraut, wenn es darum ging, Vertrauen zu schaffen. Gruppengespräche und Therapien hatten bestimmt zu seinem Tagesgeschäft gehört. Und er verstand sein Handwerk gut. Gundula Meyer-Vielhoff hatte ohne Aufforderung begonnen, sie hatte von sich erzählt, von ihrem Schmerz über den Verlust ihres einzigen Kindes, der sie bis heute gefangen hielt, von ihren Ängsten, ihrer Hoffnung, den Schmerz eines Tages überwinden zu können. Nein, sie suche im Buddhismus keine Lösung, hatte sie mit zitternden Lippen erklärt, sie wolle nur jeden erdenklichen Weg ausprobieren. Sie sei zu jeder Form der Konfrontation bereit, ihre Suche galt der Antwort auf das Warum. Während sie sprach, hatte Leif den Eindruck, sie suche tatsächlich bei den hier anwesenden Personen eine Antwort, so fragend hatte sie alle angeschaut. Es war das erste Mal, dass sich ihre leidvolle Miene ein wenig entspannt hatte.

Alle hatten verständnisvoll genickt, aber niemand außer dem Shamayana hatte etwas darauf entgegnet. Es sei ein mutiger Weg, den sie eingeschlagen habe, und er wünsche ihr die Erkenntnis. Für einen Moment herrschte bedrücktes Schweigen, in dem sich wohl jeder der Anwesenden fragte, ob es angesichts dieses Schmerzes, den Gundula Meyer-Vielhoff erfahren hatte, überhaupt eine Antwort gab. Für Leif erklärte sich damit jedenfalls die tiefe Verbitterung, die ihr im Gesicht stand.

Dann hatte der Blick des Shamayana nach weiteren Berichten fragend die Runde gemacht, und Daniela Koch hatte von ihrem Durst erzählt, der zwischen Lust und Tod schwanke. So wie sie es ausdrückte, hatte Leif eher den Eindruck, ihre Gier bezöge sich sowohl auf das eine als das andere, aber der Shamayana meinte, die Gier nach Nichtexistenz sei als Vibhava schon seit Anbeginn eine weitverbreitete Form von Tanha. Gedanken an Suizid also. Leif staunte. Nie und nimmer hätte er Daniela Koch mit Selbsttötung in Verbindung gebracht. Ihr Blick schien, ganz im Gegenteil, voller Gier nach Leben zu sein.

Victoria von P. hatte daraufhin erklärt, ihr Tanha sei

eindeutig eine Gier nach Jugend, dabei hatte sie ihre Augen fast vorwurfsvoll auf ihre Tochter gerichtet. Sie denke an nichts anderes, sie träume davon, und sie erfreue sich daran. Wieder hatte Leif etwas ganz anderes vermutet. So wie sie aussah, wie sie ihr Äußeres behandelte, wirkte sie wie eine mit beiden Beinen voll im Leben stehende Frau, die sich nicht mit Oberflächlichkeiten abgab. Sie war stets ungeschminkt, und ihre vom Wetter gegerbte Haut sowie die grauen Haare entsprachen eher einem zufriedenen Naturmenschen als einer dem Jugendwahn verfallenen Mittvierzigerin. Aber sie hatte ja auch von Bewunderung gesprochen, nicht vom Leiden.

Schließlich outete sich auch Remmter, dem Leif das am allerwenigsten zugetraut hätte. Es war eine ganze Menge, was er als sein Tanha erkannt hatte. Und es klang grundehrlich. Gier nach Anerkennung, Bestätigung, Wertschätzung und Respekt, Durst nach Ansehen, Bewunderung und vor allem nach Macht. Es klang wie der Thesaurus eines Managers, der er ja auch war. Ja, er wisse auch, erklärte Remmter weiter, dass dieser Durst mit dem achtfachen Pfad nicht zu vereinbaren sei, aber das bringe sein Beruf nun einmal mit sich. Er trage die Verantwortung, die Verantwortung für ein großes Unternehmen genauso wie die Verantwortung für die Angestellten. Und es sei ihm schon immer schwergefallen, Entscheidungen zu treffen, die nicht gleichermaßen beide befriedigten, obwohl ihm alle bescheinigen würden, dass er stets richtig entscheide – aber er wisse es eigentlich nicht sicher.

«Samma Kammanto und Samma Ajivo», hatte der Shamayana daraufhin gesagt. «Der vierte und fünfte Pfad. Rechte Handlung und rechter Lebenserwerb. Deine Unsicherheit gibt den vier edlen Weisheiten recht. Es ist die Stufe von Samudaya Sacca, auf der du dich befindest. Du hast die Ursachen erkannt. Es ist ein schwerer Weg zu Nirodha Sacca, aber du wirst ihn finden.» Während der Shamayana dies sagte, war Gundula Meyer-Vielhoff plötzlich aufgestanden und hinausgelaufen. Bislang war so etwas noch nicht vorgekommen. Leif hatte den Eindruck, dass sie Tränen in den Augen gehabt hatte.

Von den anderen hatte anscheinend niemand den Mut, über sein Tanha zu berichten, oder es fehlte ihnen ein klares Bild von ihrer Situation. Leif bedauerte das. Insbesondere von T'Hom Badschur hätte er gerne etwas mehr erfahren. Daniel Richter hatte nämlich herausgefunden, dass der junge Kambodschaner bereits mit den deutschen Gesetzen in Konflikt geraten war. Badschur, das war sein richtiger Name, war vor zwei Jahren erstmals mit einem Touristenvisum nach Europa gekommen, inzwischen besaß er eine unbefristete Aufenthaltsgenehmigung für Deutschland. Er war als Student an der Humboldt-Universität in Berlin eingeschrieben. Anfang des Jahres hatte man ihn bei einer Drogenrazzia in einem Lokal festgenommen, er war im Besitz unerlaubter Mengen Rauschgift gewesen und konnte sich nicht ausweisen. Der Botschafter des Königreichs Kambodscha hatte daraufhin persönlich interveniert und seinen Immunitätsstatus geltend gemacht. Badschur war unter seiner privaten Anschrift gemeldet. Das Verfahren stand noch aus. Hatte Lena nicht erwähnt, Colchicin würde unter anderem als Streckmittel in der Drogenszene verwendet?

Ihre Blicke waren sich nur für einen Augenblick begegnet, aber Leif empfand es eindeutig als Aufforderung. Bislang hatte der Shamayana sehr überzeugend sein heimliches Wissen für sich behalten. Er verhielt sich so, als habe das Gespräch mit Leif nie stattgefunden. Wollte er ihn nun provozieren? «Bei mir ist es einerseits ein Durst nach Wissen», hatte Leif daraufhin erklärt, «gleichermaßen aber auch die Gier nach Liebe und Harmonie.» Den familiären Bezug hatte er bewusst unterdrückt, aber es stimmte tatsächlich.

Die Nacht zuvor hatte er erneut von Miriam geträumt. Er wusste nicht, ob er es als Albtraum oder Wunschdenken deuten sollte, aber in ihren Armen hatte er sich glücklich gefühlt. Und das, obwohl er fest entschlossen war, der Sache ein Ende zu setzen. Es schien ihr nichts auszumachen. Miriam hatte sofort ihr Einverständnis gegeben. Mit diesem Wissen hatten sie sich geliebt, irgendwo am Rand eines Flusses. Sie waren liebestrunken ins Wasser gerollt, eng umklammert in der Gewissheit, dass es kein weiteres Mal geben werde. Es war der Moment vollkommener Harmonie gewesen, zwei verschmolzene Körper in der Erwartung endgültiger Lossagung. Ein Widerruf schien ausgeschlossen. In dem Moment hatte Leif diesen Baum wahrgenommen, der wie selbstverständlich am Ufer stand, und im selben Augenblick, wo er seinen

Schwiegervater in einem weißen Gewand darunter sitzen sah, war ihm auch bewusst, dass alles irreal sein musste, dass er träumte. Ernst von Gossewitz verkleidet als Buddha persönlich. Es war schon erstaunlich, wie ihn die Beschäftigung mit der Materie gefangen hielt. Dennoch war er nicht aufgewacht, sondern hatte wie ein Regisseur beschlossen, dass der Traum noch nicht zu Ende war, er hielt nach wie vor den Körper der Geliebten eng umklammert. Miriams Vater als Zeuge im Augenblick höchster Empfindungen. Ernst von Gossewitz nickte ihm selig lächelnd zu, während ihre Körper in den Fluten des Flusses endlich erlöst voneinander abließen. Erst in dem Moment nahm er wahr, dass es nicht Miriam gewesen war, die er geliebt hatte. Es war Conni, deren Gesicht schemenhaft im Wasser verschwand. Schlagartig war er aufgewacht.

«*So muss man die Laute untersuchen, um die Töne zu verstehen; man muss die Töne untersuchen, um die Musik zu verstehen; man muss die Musik untersuchen, um die Gebote zu verstehen. So ist der Weg zur Ordnung vollkommen. Wer die Musik versteht, erreicht die Geheimnisse der Sitte. Wer die Musik und die Sitte beide erlebt hat, besitzt Leben. Leben zeigt sich im Erleben.* So steht es bereits im Buch der Sitten des LiGi. Aber unabhängig davon finden wir in allen Kulturen Berichte über den Klang der Welt und die Harmonien der kosmischen Sphären.»

Der Shamayana schlug erneut mit dem Klöppel gegen die Schale. Der Klang breitete sich pulsierend aus wie die verzögerte Eruption eines Geysirs und verharrte wie schon zuvor in der Mitte des Raumes.

«In Indien ist Nada der Anfang aller Dinge – der Urton. Nada Brahma: Die ganze Welt ist Klang. Oder denken wir an das Om der tibetischen Kultur. Om. Diese Silbe ist das Symbol der Urschwingung, der Beginn des Daseins. Aber auch an anderen Orten der Erde kam man gleichwohl zu einer ähnlichen Erkenntnis. Aus dem antiken Griechenland etwa sind uns von Platon entsprechende Texte zu den Sphärenklängen überliefert, und selbst in der Neuzeit finden wir Aussagen, die diese Überzeugung widerspiegeln:

... dass jedes Symbol und jede Kombination von Symbolen nicht hierhin oder dorthin, nicht zu einzelnen Beispielen, Experimenten und Beweisen führt, sondern ins Zentrum, ins Geheimnis und Innerste der Welt, in das Urwissen.

Der uns das sagt, erhielt für ‹Das Glasperlenspiel›, dem ich diese Zeilen entnommen habe, den Nobelpreis für Literatur, Hermann Hesse. Auch er erkennt darin den Grundsatz der Oktave als mathematisches und musikalisches Gesetz zu gleichen Anteilen. So wird die Oktave zum Instrument, astronomische und musikalische Formeln zu verbinden. Tauchen wir also ein in die Harmonie unserer Sphären.»

Noch einmal schlug der Shamayana gegen die Schale, dann erhob er sich und schloss die Fensterfront des Raumes mit einem transparenten Vorhang. Die gedämpften Strahlen der Herbstsonne tauchten alles in ein rötlich violettes Licht. Er schritt zu einer kleinen Bank und entnahm einer Holzschatulle mehrere metallisch glänzende Gegenstände.

«Ich möchte euch mit der Phonophorese bekannt machen. Für diese Tonakupunktur haben wir Stimmgabeln, deren Schwingung wir durch unsere körperlichen Meridiane strömen lassen wollen. Es sind planetarische Stimmgabeln, und ihre jeweiligen Frequenzen sind auf das Miteinander und die Zugehörigkeit von Körper, Planeten und Wellenlängen abgestimmt.»

Er hielt eine der Stimmgabeln vor sich. «Das ist der Ton des platonischen Jahres, das F.» Ganz leise konnte Leif ein Summen vernehmen.

«Dieser Ton ist der Ton des Geistes. Er stellt die 48. Oktave der Erdachsenpräzession dar, der Kreiselbewegung der Erdachse.» Erneut zupfte der Shamayana das Ende der Gabel. «Diese Kreiselbewegung begründet die Wanderung des Frühlingspunktes, der wiederum unsere großen Zeitalter anzeigt. Der Frühlingspunkt quert zurzeit das Sternbild des Wassermanns – wir befinden uns also im Wassermannzeitalter.»

Wieder das Summen. «Der Ton hat die Frequenz 172,06 Hertz, und im alten China entsprach dieser Ton dem Grundton der Musik – dem Kammerton. Findet euch nun paarweise zusammen, um euch von euren seelischen und körperlichen Empfindungen zu trennen und in die Sphären eures Geistes vorzudringen.»

Daniela Koch wendete sich Leif zu. Der Shamayana verteilte die Stimmgabeln. «Der Ton des platonischen Jahres gehört zum Sahasrar-Chakra, dem Scheitelchakra. Dieser Energiekanal ist der höchste Punkt der kosmischen Einheit, also das Zentrum göttlicher Eingebung.» Seine Hand bezeichnete etwa die Stelle der

Schädeldecke, wo sich die Fontanelle befand. «Wenn ihr eure meditative Ruhe gefunden habt, wird der Ton am obersten Chakra euren Geist aktivieren. Am Ende dieser Meditation könnt ihr berichten, ob ihr es als Beruhigung, Entspannung oder anregend empfunden habt.»

Die Pärchen hatten sich wie von selbst gefunden. Remmter saß neben Rika von P., ihre Mutter kniete neben T'Hom Badschur, Shangrila Gaya hockte mit Gundula Meyer-Vielhoff zusammen, die inzwischen wieder zurückgekommen war. Das Ehepaar Gölz hatte sich anscheinend entschlossen, die selbstgewählte Distanz in der Gruppe abzulegen. Es sah nicht weiter schwer aus.

Jeweils einer legte sich flach auf den Rücken, der Partner kniete daneben und hielt die Stimmgabel gegen die Schädeldecke. Leif konzentrierte sich auf die Thangkas, die Wandbehänge mit ihren bunten Symbolen und Figuren. Dann schloss er die Augen. Er merkte, dass sein Magen knurrte. Essen soll Meditation sein, hatte der Shamayana heute Morgen zu ihm gemeint. So wirst du nie zu viel oder zu wenig essen. So weit die Theorie. Jetzt hatte er Hunger.

Der Ton schien von seinem Kopf Besitz zu ergreifen. Ganz langsam drang die Frequenz in immer engere Kanäle und Windungen vor. Musik war schon immer Entspannung für ihn gewesen. Wenn er einen stressigen Tag hinter sich gebracht hatte, griff er oft zum Kopfhörer. Bachs Wohltemperiertes Klavier, gespielt von Keith Jarrett, eine seiner Lieblingsplatten.

Die Kunst der Fuge, aufgenommen 1998 vom Keller-Quartett, mindestens ebenbürtig, oder Jan Garbarek, der norwegische Sopransaxophonist, der mit dem Hilliard Ensemble das wunderbare Officium defunctorum eingespielt hatte. Polyphonie in der Abgeschiedenheit des Klosters St. Gerold – der Klang des Saxophons als Fortsetzung oraler Kultur.

Das waren sphärische Klänge, bei denen er Gänsehaut bekam. Entspannung und Anregung zugleich. Nein, über die Musik hatten sie nicht zusammengefunden. Miriam bevorzugte die wilden, tanzbaren Sachen. Immer war sie in Bewegung. Wo er in der Konzentration Ablenkung gesucht hatte, war es bei ihr die Bewegung gewesen. Golf gegen Springreiten, Schießen gegen Tennis. Er war der Schachspieler, sie ging zum Bowling. Wenn er mit den Kindern Memory gespielt hatte, war sie der Ansprechpartner fürs Seilspringen und für die Hüpfburg gewesen. Nicht nur in diesen Dingen hatte sie einen anderen Anspruch. Was Miriam brauchte, war jemand, zu dem sie aufschauen konnte. Ein erfolgreicher Geschäftsmann, der sie verwöhnte. Von vornherein hatte er nicht die Möglichkeiten gehabt, ihr das Leben zu bieten, das sie vor Augen hatte. Sie hatten vom Wohlstand und Vermögen ihrer Familie gelebt, weniger von seinen Einkünften. Und sie hatte auch nie die Notwendigkeit gesehen, selbst etwas dazuzuverdienen. Nein, es war vielleicht von Anfang an zum Scheitern verurteilt gewesen.

Jetzt hatte sich die Schwingung bis zu seinen Nackenwirbeln ausgebreitet. Er fühlte sich losgelöst von jeglicher Anspannung. Weshalb war er eigentlich hier? Leif merkte, wie die Hand von Daniela Koch über seine Brust streifte und in kreisender Bewegung über den Bauch bis zu seinen Lenden hinabglitt. Sie flüsterte etwas von *das Tao in seiner reinsten Form*, während sich die Schallwellen weiter in seinem Körper ausbreiteten.

«Du machst das nicht das erste Mal, habe ich recht?», fragte Leif ebenfalls im Flüsterton. Diese Streicheleinheiten gehörten ganz bestimmt nicht mit zur Übung. Er hielt die Augen geschlossen.

«Ich habe eine kleine Praxis», erwiderte sie kaum hörbar. «Es gibt noch weit mehr Chakras. Wenn du möchtest, kann ich dir noch andere Energiezentren des Körpers zeigen. Aber nicht hier.»

KAPITEL 7

Letztes Jahr hatte er noch acht Euro bezahlt, jetzt wollten sie zwölf für den Festmeter haben. Und dann auch noch eine Warteliste, unglaublich! War jetzt neben dem Gaspreis auch schon das Brennholz an den Ölpreis gekoppelt? Gero hatte verärgert aufgelegt. Seit den exorbitanten Preiserhöhungen der Energieversorger glaubte jeder, an der Preisspirale kräftig mitverdienen zu können. Da machten auch die Förstereien keine Ausnahme. Auf dem Land hortete jetzt jeder Holz, die alten Kamine wurden wieder in Betrieb genommen, und aus den Schornsteinen qualmte es mächtig. Es wurde verfeuert, was irgendwie brennbar war. Ade Umweltschutz, wen interessierten schon noch Emissionswerte, wenn man sich die sauberen Energien einfach nicht mehr leisten konnte. In den Baumärkten wurden neue Abteilungen mit Werkstattöfen im Specksteindesign eingerichtet, die Ofenbauer erfreuten sich eines ungeahnten Ansturms auf ihre Produkte und kamen mit den Lieferungen kaum nach, und in den Gartenabteilungen stapelten sich in Netzen und Tüten verpackte Holzschnipsel und palettenweise Briketts. Man fuhr mit eineinhalb Euro teurem Superplus 20 Kilometer zur nächsten Tankstelle, um sich für 10 Euro zwei

Netze Buchenholz für den heimischen Kamin zu holen. Irgendetwas lief da verkehrt. Die guten Holzsorten mussten sowieso zwei Jahre liegen, bevor man sie verfeuern konnte.

Gero überschlug den Verbrauch ihres Schwedenofens. Die restlichen Bestände auf dem Hof reichten vielleicht noch für dieses Jahr. Er musste dringend mit Bauer Flinte sprechen. Sein Nachbar hatte immer ein paar Festmeter übrig, wenn er die Knicks bereinigte, und mehr als drei brauchten sie pro Jahr für den kleinen Ofen nicht.

«Moin, Conni.» Hatte er das Klopfen überhört?

«Hallo, Gero.» Sie schloss die Tür hinter sich und setzte sich ihm gegenüber. «Dein ‹Moin› zur Begrüßung am Nachmittag finde ich immer noch lustig. Ich werde mich nie daran gewöhnen. Hast du einen Augenblick Zeit?»

«Wo zwickt der Schuh?»

Es kam selten vor, dass sich Conni gleich zu ihm an den Tisch setzte. Bislang war es immer ein Zeichen dafür gewesen, dass sie mit diesem oder jenem nicht zurechtkam. In der kurzen Zeit, die sie jetzt in der Kriminalpolizeistelle Ratzeburg war, hatte sie sich hervorragend eingearbeitet und machte ihrem Dienstgrad als Oberkommissarin alle Ehre. Sie war unaufdringlich, aber direkt – zumindest zu ihm als Vorgesetzten, und er konnte sich hundertprozentig auf sie verlassen. Aber auch von Dascher und Rörupp hatte er nur Gutes über sie gehört, was allein deshalb erstaunlich war, da Matthias Rörupp mit ihr auf gleicher Stufe stand und er Conni anfänglich wohl eher als Konkurrentin auf der Dienstleiter angesehen hatte. Aber bislang waren sie sich nicht ins Gehege gekommen. Na ja, und Senior Jörn Lüneburg schwärmte richtiggehend für Conni. Sie war ja auch der Blickfang im ganzen Kommissariat.

«Es geht um diesen Carlos Schenkendorf, den Spezialisten vom Versicherungsverband, den ich dir gestern in Geesthacht vorgestellt habe. Wir waren heute auf dieser Auktion im Hafen.»

«Keine Ahnung. *Du* leitest die Auto-Gruppe in der SoKo, und bislang habe ich noch keinen Bericht bekommen.» In dieser Hinsicht unterschied sich Conni nicht von den anderen Kollegen im Team. Berichte schreiben war bei allen verpönt. Da schloss er sich selbst nicht aus. «Ich habe nur verstanden, dass es eine konzentrierte Überwachung bestimmter Adressen im Kreis geben soll. Die Standorte werden den Zivilfahndern kurzfristig mitgeteilt. Wie ihr die Fahrzeuge und Adressen herausbekommt, habe ich ehrlich gesagt nicht verstanden. Vielleicht klärst du mich kurz auf?»

«Ja, der Bericht ist in Arbeit. Wir sind erst vor einer knappen Stunde wiedergekommen. Also Schenkendorf meint, die Wagen werden gezielt gestohlen. Das Modell richtet sich jeweils danach, welche hochwertigen Unfallfahrzeuge gerade auf dem Gebrauchtmarkt sind. Besonderes Augenmerk hat man auf exklusive Schrottfahrzeuge, die eigentlich ein Fall für die Presse sind. Ersteigert werden also weniger die Wagen als vielmehr die Fahrzeugbriefe. Danach wird ausgekundschaftet, wo es die gleichen Fahrzeuge gibt, die dann gezielt gestohlen werden.»

«Klingt nachvollziehbar. Aber in der Umsetzung stelle ich mir das schon komplizierter vor.»

«Ist es aber nicht. Das Ganze folgt einer strengen Logistik. Eine Gruppe macht nur die Ankäufe, eine weitere ist für den Transport der Unfallwagen ins Ausland zuständig, eine dritte sucht nach entsprechenden Duplikaten, wiederum andere sind auf den Diebstahl spezialisiert. Der wirklich heikle Moment ist die Fahrt mit dem gestohlenen Fahrzeug bis zur Grenze. Aber auch das ist genau ausbaldowert. Unklar ist noch, ob die Diebe bereits in Besitz des anderen Fahrzeugbriefes sind und den gestohlenen Wagen damit ins Ausland bringen. Allerdings glaube ich das eher nicht. Welcher Zollbeamte kontrolliert schon deine Fahrgestellnummer, wenn du über die Grenze fährst. Am Ziel angekommen, wird der gekaufte Wagen dann in seine noch brauchbaren Einzelteile zerlegt, die verkauft werden, und der gestohlene Wagen erhält die zum Brief passenden Identifikationsnummern. Das macht wieder eine andere Gruppe. Schweißarbeiten an der Karosserie lassen sich im Ernstfall durch Reparaturarbeiten an einem Unfallwagen erklären. Als Beleg dafür hat man ja den Kaufvertrag. Schenkendorf meint sogar, dass die Unfallwagen nur noch dann ins gleiche Land wie die gestohlenen Fahrzeuge gebracht werden, wenn sich durch den Import von schrottreifen Autos die in bestimmten Ländern bei der Anmeldung von teuren Wagen fällige Luxussteuer umgehen lässt. Ist das nicht der Fall, landen die Wagen hier in den Zerlegungshallen, von denen wir ja schon mehrere ausgehoben haben. Nur die Papiere gehen ins Ausland. Gero, das klingt alles so dermaßen perfekt durchdacht ...»

«Du wirst doch wohl nicht vor der organisierten Kriminalität kapitulieren wollen?» Was Conni gerade geschildert hatte, klang tatsächlich ziemlich gut durchorganisiert. Allerdings wusste er immer noch nicht, warum sie zu ihm gekommen war.

«Quatsch.» Sie lächelte ihn an.

«Na, und wo ist nun der Haken?»

«Der Haken ist Schenkendorf selbst, sein Auftreten als Händler bei diesen Auktionen. Nach eigenen Angaben macht er seit einem Jahr fast nichts anderes, als bei diesen Versteigerungen zu recherchieren. Er kennt da unheimlich viele Leute. Andere Händler, teilweise recht dubiose Typen, wenn du mich fragst. Außerdem bietet er auf die entsprechenden Fahrzeuge tüchtig mit. Wie er sagt, um festzustellen, ob die Mitbieter tatsächlich potenzielle Interessenten für ein kriminelles Vorhaben sind. Bei bestimmten Automarken und Modellen werden Preise bezahlt, das glaubst du gar nicht. Für ein ausgebranntes Autowrack hat ein ausländischer Händler mal so eben 12000 Euro auf den Tisch gelegt. Du hättest die Kiste sehen müssen. Das wäre vielleicht noch als moderne Kunst durchgegangen ... Immerhin, das Ganze war sehr interessant und aufschlussreich, und ich glaube auch, dass die Zusammenhänge so sind, wie von

Schenkendorf geschildert. Allerdings hat mich etwas stutzig gemacht.»

«Nämlich?»

«Ich habe zufällig mitbekommen, wie jemand Schenkendorf Geld übergeben hat. Eine ziemliche Summe. Also, ich habe es nicht überprüft, aber 20000 waren das bestimmt.»

«Verstehe. Meinst du, er könnte in krumme Geschäfte verwickelt sein?»

«Auf den ersten Blick scheint es nicht zu passen. Schenkendorf ist eine richtige Spürnase. Der Kerl kennt sich so genau in der Materie aus, kennt alle Tricks und Kniffe. Und die hat er mir – sagt er zumindest – bis ins kleinste Detail verraten. Andererseits ist er auch ein komischer Vogel, so Typ charmanter Latino mit eindeutigen Absichten. Am Anfang ist er mir ganz schön auf die Pelle gekrochen, aber inzwischen hat er wohl kapiert, dass er bei mir nicht landen kann. Ich zerbreche mir seither den Kopf über die möglichen Hintergründe für diesen Geldtransfer. Immerhin 20000 bar auf die Hand, was unter Händlern vielleicht üblich sein mag, aber Schenkendorf ist ja keiner. Er tut nur so. Schließlich bin ich auf die Idee gekommen, dass er womöglich auch ein kleines Rädchen im großen Werk sein könnte.

Was wissen wir über ihn? So gut wie nichts. Ich habe die Idee dann mal weitergesponnen, und so absurd erscheint mir die Möglichkeit gar nicht mehr. Durch seinen Job ist es für ihn nämlich ein Leichtes, in Erfahrung zu bringen, wo gerade welche Luxuswagen zugelassen worden sind. Vielleicht verkauft er diese Information, nach der dann regulär Unfallfahrzeuge und Schrottwagen erworben werden. Dann liefe die Masche nicht so, wie er es behauptet, sondern umgekehrt. Außerdem würde es erklären, warum die bisherige Kooperation zwischen Versicherungen und Polizei so erfolglos gewesen ist.»

«Du meinst, wir haben uns einen Maulwurf eingefangen? Mag sein. Was du sagst, klingt plausibel.»

«Es wäre zumindest eine Möglichkeit.»

«Gut, dass du mich informiert hast. Ich werde mich ein wenig über den Burschen schlaumachen. Siehst du irgendwelche Schwierigkeiten, mit ihm weiter zusammenzuarbeiten?»

«Im Gegenteil», meinte Conni. «Er scheint tatsächlich ein Duplikat von einem der Fahrzeuge hier bei uns im Kreis aufgespürt zu haben. Ich habe die Info bereits weitergeleitet, die Adresse wird observiert.»

«Wenn der Wagen nicht schon weg ist», entgegnete Gero mit einem süffisanten Lächeln. «Denn wenn deine Theorie mit diesem Schenkendorf stimmen sollte, würde ja erst geklaut und dann ersteigert.»

«Wir werden sehen. Und was gibt es von der Einbruchsfront zu melden?»

«Bislang wurde nur eine Anzeige gemacht. Heute Morgen. Einbruch in die Werkstatt bei einem Landwirt in Bugendorf. Der Sperrmülltermin war gestern.»

«Passt also genau ins Raster. Auskundschaften in der Nacht vor der Abholung, Einbruch und Diebstahl 24 Stunden später. Was wurde gestohlen?» Conni machte eine stoppende Handbewegung. «Nein, sag's nicht, lass mich raten. Eine Kettensäge.»

Gero musste lachen, schließlich führten Motorsägen, aus welchem Grund auch immer, die Liste des beliebtesten Diebesgutes in der Region an. Und das auch schon, bevor Holz als alternative Energiequelle für Privathaushalte wiederentdeckt wurde. Erst dann folgten Computer und Unterhaltungselektronik. «Ja, unter anderem. Jede Menge Werkzeug und Spezialmaschinen. Das Sicherheitsschloss wurde mit einem professionellen Auszieher geknackt. Nach erster Bestandsaufnahme ein Schaden von über 10000 Euro.»

«Das ist happig.»

«Allerdings. Und nach dem, was gestohlen wurde, war für den Abtransport mindestens ein großer Lieferwagen notwendig.»

«Auch das passt ins Schema. Ich mache drei Kreuze, wenn die Zeit des Sperrmülls endlich vorbei ist.»

«Tja, du bist ein Stadtmensch», meinte Gero. «Ich trauere dem schon jetzt nach. Wenn man so viel Krempel hat wie wir, dann ist's schon angenehm, wenn's abgeholt wird.»

«Wollen die doch auch weiterhin machen.»

«Nach telefonischer Vorbestellung, ja. Und wie sieht das dann aus? Da darfst du dir erst mal anhören, was abgeholt wird und was nicht. Kein Teil länger als zwei Meter, nicht schwerer als so und so viel … Als wenn ich den Krempel vorher auch noch auf die Waage stellen würde. Dann gilt natürlich nichts mehr aus Metall als Sperrmüll, eine Mindestgröße muss es auch haben, sonst ist es Hausmüll, Elektrogeräte schon mal gar nicht mehr, die gelten jetzt als Sondermüll, leere Farbeimer ebenso … Wenn man genau darüber nachdenkt, dann bleibt eigentlich kaum noch was übrig. Sieht so aus, als wenn die Jungens sich irgendwann selbst arbeitslos machen.

Aber du hast schon recht. Aussortiert wird jetzt auch schon. Das ist dann am Morgen immer eine schöne Überraschung, wenn die Hälfte liegen geblieben ist. Wenn du anrufst und dich beschweren willst, dann erfährst du, das sei gar kein Sperrmüll. Da schaut der Müllmann doch lieber in die Verordnung, bevor er was mitnimmt. Wahrscheinlich stellen die einige Sachen erst mal auf die Waage, um dann zu sehen, ah, zu schwer, da könnte ich mir einen Bruch heben – muss ich nicht mitnehmen. Und dann tragen sie's wieder zurück auf den Haufen. Entschuldige meinen Zorn, aber ich krieg so einen Hals, wenn ich an diese Arbeitseinstellung denke. Von daher waren mir die Polen und die Litauer schon ganz recht. Die haben eigentlich alles mitgenommen, was noch irgendwie brauchbar war, egal wie groß, egal wie schwer.»

«Ich bin jedenfalls gespannt, ob die Zahl der Diebstähle zurückgehen wird.»

«Um meine alten Saabs muss ich mir jedenfalls keine Gedanken machen. An denen ist bestimmt keiner interessiert.»

Connis Miene erhellte sich. «Ich hab übrigens ein neues Auto.»

«Oh, das ging ja schnell.»

«Ich trau mich gar nicht zu erzählen, wie ich dazu gekommen bin. Ich hab ihn ersteigert – vorhin auf dieser Auktion. Jetzt hab ich nur keine Zeit, den Wagen abzuholen. Überführungskennzeichen, dann zur Zulassungsstelle nach Schwerin. Das hab ich nicht bedacht. Deren Öffnungszeiten sind nicht gerade arbeitnehmerfreundlich.»

«Ist das ein Urlaubsgesuch?» Gero lachte und schüttelte den Kopf. «Abgelehnt. Diese Woche kann ich auf niemanden verzichten.»

«Nein, das weiß ich doch. Irgendwie werd ich's schon hinbekommen.» Sie machte ein nachdenkliches Gesicht. «Du sagtest, der Einbruch war in Bugendorf? Ein merkwürdiger Zufall. Wie lange ist Leif da eigentlich noch im Haus der Stille?»

«Dieses Seminar geht noch bis Sonntag. Ich treffe mich heute Abend mit ihm. Soll ich ihn fragen, wie lange du seinen Porsche noch haben kannst?»

«Auf jeden Fall kannst du ihm einen lieben Gruß von mir bestellen und ihm ausrichten, dem Wagen ginge es prima.» Für einen Moment sah es aus, als wolle sie aufstehen, dann aber blieb sie sitzen. «Sag mal, Gero», fing sie in einem ganz vertraulichen Tonfall an, «gibt's eigentlich schon was Neues … ich meine, ihr seid doch eng miteinander befreundet. Hat sich das mit seiner Frau wieder eingerenkt?»

«Nicht dass ich wüsste.» Er musterte Conni mit einem prüfenden Blick. Es war das erste Mal, dass sie sich so offenkundig bei ihm nach Leifs Privatleben erkundigte. Dass es schon seit einiger Zeit zwischen den beiden knisterte, war nicht zu übersehen. Aber soviel er wusste, waren sie sich bislang doch nicht wirklich nähergekommen. Woran das lag, konnte er nur erahnen.

KAPITEL 8

Was hatte der Shamayana gesagt? Wenn du auf deinen Verstand hörst, wird er deinem Körper auf die eine oder andere Art schaden. Wenn du deinen Körper seinen eigenen Weg gehen lässt, bist du auf dem richtigen Weg. Na also. Leif schaute die junge Kellnerin an, die mit ihren frechen Zöpfen und den modischen Klamotten so gar nicht in eine Dorfschänke passen wollte. «Ich nehme einmal das Sauerkraut mit Kassler und Kochwurst.» Dann hob er sein Bierglas und wandte sich Gero zu. «Schön, dich zu sehen.»

«Drei Tage schweigen, und du möchtest mal wieder mit jemandem sprechen, nehme ich an. Prost!»

«Prost, Gero. Nein, ganz so schlimm ist es noch nicht. Ganz im Gegenteil. Die Ruhe dort wirkt sogar sehr reinigend.»

Gero grinste. «Eine Mala hast du dir aber noch nicht umgehängt, oder?»

«Du meinst als Tarnung? Nein, das ist gar nicht nötig. Die Teilnahme an den Seminaren im Haus der Stille setzt nicht voraus, dass man Buddhist ist. Es geht um Meditation und Selbsterkenntnis. So etwas findest du doch auch in anderen Religionen. Kraft schöpfen aus der Stille. Denk an die Exerzitien in katholischen Klöstern. Das ist im Prinzip auch nichts anderes. – Woher weißt *du* eigentlich, was eine Mala ist?»

Gero setzte sein Bierglas ab. «Zwei ehemalige Schulfreunde von mir sind nach der Schulzeit nach Goa. Haben dann bei irgendeinem Guru in so einer Art Kommune gelebt. Als sie wiederkamen, trugen sie nur noch lila und purpurne Klamotten und so 'n Zeugs. Das war damals in der Szene schwer angesagt. Und jeder hatte natürlich eine Mala um. Das ist eine Art Rosenkranz, nicht?»

Leif nickte. «Eine Mala besteht aus 108 Steinen. Das ist die Anzahl der Bände der Lehren des Buddha.»

«Ich bin beeindruckt. Wird ja ein richtiger Fachmann aus dir.»

«Das bleibt nicht aus.» Leif zog das Buddhismus-Buch aus der Jackentasche und legte es auf den Tisch. «Ich tappe nicht gerne im Dunkeln, wie du weißt. Kann ich übrigens jedem empfehlen. Wenn du das Prinzip begriffen hast, verstehst du auch, warum der Buddhismus vor allem in der linken Szene und Friedensbewegung so viele Anhänger hat. Das Ganze gleicht mehr einer Lebensphilosophie als einer Religion.»

Am Nebentisch wurde laut gelacht. Aber die Männer, die dort saßen, waren mit sich selbst beschäftigt. Einer von ihnen hatte gerade eine Runde Kurze geordert und versuchte sich nun an einem Trinkspruch. Hagere Gestalten, der Kleidung nach Bauern, die vom Feld kamen. Die Gaststätte war gut besucht. Nicht brechend voll, aber zwanzig Gäste saßen bestimmt im

Raum. Leif wedelte den Zigarettenqualm weg, der zu ihnen herüberzog.

«Noch nicht rückfällig geworden?», fragte Gero, der Leifs Vorsatz, mit dem Rauchen aufzuhören, kannte.

«Bis jetzt noch nicht. Immer wenn ich einen Schmachter kriege, mache ich zwanzig Liegestütze und freue mich, dass ich die Puste dafür habe. Was hier natürlich komisch aussehen würde. Aber in einer solchen Umgebung ist mir überhaupt nicht mehr nach Rauchen zumute. In dem Dunst merkt man doch erst, wie widerwärtig Zigaretten stinken können.»

«Lena sagte, das Gift sei inzwischen analysiert. Wie weit bist du? Hat sich der Verdacht bestätigt?»

«Du meinst, dass es ein Anschlag auf den Shamayana gewesen ist?»

Gero nickte. «Auf diesen Obergrufti, ja. Weiß er, wer du bist und warum du da bist?»

«Ja, ich habe mit ihm gesprochen und ihn informiert, aber ich glaube, er sieht die Gefahr nicht. Er kann sich zumindest nicht vorstellen, dass es jemand auf ihn abgesehen haben könnte. In der Tat scheint er die Liebenswürdigkeit in Person zu sein. Sehr zurückhaltend, stets freundlich, zudem sehr intelligent. Bevor er buddhistischer Mönch wurde, war er Psychiater. Berühmtheit erlangte er durch seine Übersetzung des Pali-Kanons, das ist so eine Art Regelwerk der Buddhisten. Seine Übersetzung ist erstaunlich, da er eigentlich nach der Devise lebt: Lege dir keine unnötigen Regeln auf und lasse dein Bewusstsein dein einziges Gesetz sein. Er ist also so etwas wie der Liberale unter den buddhistischen Würdenträgern.»

«Wenn dieser Kanon die Bibel der Buddhisten darstellt ...»

«Nein», unterbrach ihn Leif, «weder Bibel noch Koran. Ich weiß schon, worauf du hinauswillst. Das habe ich auch in Erwägung gezogen. Es gibt zwar unendlich viele Gruppierungen und Glaubensrichtungen im Buddhismus, aber den Buddhisten scheint so etwas wie radikaler Fundamentalismus völlig fremd zu sein. Es gibt auch keine Extremisten und keinen versteckten Aufruf, Ungläubige zu töten oder dergleichen. Der Pali-Kanon ist eher eine Art Gebrauchsanweisung, um ans Ziel zu gelangen. Und die wird vom Shamayana eben sehr liberal ausgelegt.»

«Was jemand vielleicht trotzdem missverstanden hat. Du hast also noch niemanden im Auge?»

«Es gibt unter den Gästen einen jungen Kambodschaner mit Namen T'Hom Badschur. Das ist der Einzige, der dem Shamayana vor diesem Seminar bekannt war. Soweit ich das richtig verstanden habe, hat er diesem Badschur als Kind in Kambodscha das Leben gerettet. Seither reist er ihm zwar nicht nach, taucht aber häufiger bei seinen Veranstaltungen auf. Vielleicht sieht er in ihm so etwas wie einen Vater oder Guru.»

«Oder mehr.» Gero kniff bedeutungsvoll die Augen zusammen.

«Du meinst, zwischen den beiden ... Ja, daran habe ich auch schon gedacht. Dieser Badschur steht anscheinend unter dem Schutz des kambodschanischen Botschafters in Berlin. Zumindest meinte Daniel Richter so etwas. Er hat auch rausgefunden, dass Badschur dort in irgendeine Drogengeschichte verwickelt ist. Na ja, es wird ein Leichtes für ihn sein, zu klären, ob der Kerl vielleicht auch im Homosexuellenmilieu bekannt ist. Wenn das der Fall ist, dann hätten wir zumindest ein mögliches Motiv. Bislang sehe ich das nämlich noch nicht.

Diese behutsame Ermittlung nervt mich auf jeden Fall gewaltig. Am liebsten würde ich alle ins Kommissariat zum Verhör bitten und einmal kräftig in die Mangel nehmen. Aber du kennst ja die Anweisungen der Wissmann. Solange wir keine Beweise haben …»

«Und was wirst du als Nächstes unternehmen?»

Leif lächelte geheimnisvoll. «Ein wenig in der Privatsphäre der Gäste schnüffeln. Ich habe mich heute schon als Miss Marple versucht.» Er holte einen Zettel hervor und reichte ihn Gero. «Im Seminar nennt er sich Shangrila Gaya. Wäre schön, wenn du das heute noch an Richter funken könntest. Über die Handyleitung ist das mehr als mühsam. Er soll prüfen, ob sie irgendwas über ihn haben.»

Gero studierte, was Leif notiert hatte. «George Marrey, geboren 1964.»

«Richtig. Dem Pass nach Amerikaner, aber er spricht ein ziemliches Kauderwelsch. Das ist der Zweite unter den Gästen, der wie ein Buddhist wirkt. Zumindest seinem Auftreten nach. Er betreibt Meditation in Form von Bogenschießen. Viermal am Tag. Er braucht fast eine halbe Stunde für einen Schuss. Von daher war es nicht weiter schwer, sich in Ruhe in seinem Zimmer umzuschauen. Der Pass war aber alles, was ich finden konnte.»

Gero steckte den Zettel ein. «Klar, mache ich.»

«Die anderen Gäste sind zwar nicht weniger skurril, aber sie haben nach meiner bisherigen Erkenntnis keinen persönlichen Bezug zum Shamayana. Einige hätten genauso gut eine Wellness-Kur buchen können. Eine Mutter mit ihrer Tochter, ein Ehepaar, das bemüht ist, niemand in der Gruppe merken zu lassen, dass sie verheiratet sind, eine Lehrerin, die im Buddhismus eine Antwort auf die Frage zu finden hofft, warum ihr Kind gestorben ist, eine kontaktsuchende Mittvierzigerin, die einen Ayurveda-Laden in Süddeutschland hat, und ein gestresster Manager mit Identifikationsproblemen und moralischen Skrupeln, Dr. Leon Remmter vom Pharmariesen Medihuman. Und? Dein Tipp?»

Gero lächelte gequält und leerte sein Glas mit einem kräftigen Schluck. «Entweder dieser Kambodschaner, der als Kind von deinem Seminarleiter missbraucht wurde, ins Strichermilieu abgerutscht ist, dann von seinem ehemaligen Liebhaber abgewiesen wird und sich jetzt für sein verkorkstes Leben rächt, oder der Manager, der heimlich einen neuen Wirkstoff seines Unternehmens getestet hat. Nein, keine Ahnung. Ich beneide dich nicht um den Job.»

«Es kann genauso gut jemand von außerhalb gewesen sein. Das Gelände ist offen und für jedermann zugänglich. Es ist so gut wie nichts verschlossen, nicht einmal nachts … Ahh, mein Sauerkraut kommt. Endlich was Herzhaftes.»

«Sie sind doch Gast im Haus der Stille, nicht wahr?», erkundigte sich die Bedienung, während sie den Teller auf den Tisch stellte.

«Wie kommen Sie darauf?», fragte Leif.

«Das hat mir gerade der Hannes erzählt.» Sie deutete auf einen Mann, der am Tresen über sein Bier gebeugt saß. «Hannes Lachmann. Er arbeitet als Gärtner dort. Wir haben selten Gäste aus dem Zentrum hier. Lassen Sie es sich schmecken. Wenn Sie Nachschlag haben wollen, sagen Sie Bescheid.»

Leif hatte den Gärtner bislang noch nicht zu Gesicht bekommen. Lachmann musste so um die fünfzig sein. Er hatte schütteres Haar, und seine Körperhaltung mit den schmalen Schultern erinnerte Leif mehr an einen ausgemergelten Junkie als an einen Gärtner.

Ein Mann vom Nachbartisch drehte sich auf seinem Stuhl um und taxierte Leif mit glasigem Blick. «Siehst gar nicht aus wie einer von denen», meinte er schließlich.

Die anderen Männer am Tisch waren aufmerksam geworden.

«Und ich dachte, da werden nur Körner gegessen», meinte ein Zweiter mit Blick auf Leifs Teller. Auch er war deutlich angetrunken. Die anderen lachten.

Schlagartig wurde es ruhig im Lokal. Leif schaute dem Mann stumm in die Augen.

«Nix für ungut», lallte der. «Aber ist doch wahr. Und Bier ist da doch auch verboten, nicht, Hannes?»

Lachmann blickte nicht auf.

«Verdammte Geheimniskrämerei», pöbelte der Tischnachbar weiter und wandte sich seinen Kumpanen zu. «Die sprengen uns doch alle irgendwann in die Luft, die Körnerfresser! Ein Ausbildungszentrum ist das. Das hab ich schon immer gesagt.»

«Kalle, lass meine Gäste in Ruhe!», dröhnte es hinter dem Tresen hervor.

«Die Körner, die du anbaust, essen die bestimmt nicht, Pahlbach!», rief ein grauhaariger Mann, der am anderen Ende des Tresens lehnte.

Der Angesprochene erhob sich und machte eine drohende Geste. «Was weißt du schon, Gernot Christiansen! Du bist doch auch so ein Ökofuzzi!»

Gero war hellhörig geworden. Pahlbach war der Name des Landwirtes, der heute Morgen den Einbruch in seine Werkstatt angezeigt hatte. Er schaute fragend zu Leif, der zwar seine Augenbrauen gerunzelt und die Stirn in Falten gelegt hatte, sich seinen Appetit aber anscheinend nicht verderben lassen wollte.

«Schön hier, nicht wahr?», meinte er mit einem spöttischen Grinsen und nahm einen Klecks Senf auf seine Kochwurst. «Da weiß ich die Ruhe im Haus der Stille doch so richtig zu schätzen.»

«Die Schilder an deinen Feldern kann doch jeder lesen!», rief der Mann mit Namen Christiansen in ihre Richtung. «Das ist alles genmanipulierter Mais.»

«Na und?» Pahlbach war seine Erregung inzwischen deutlich anzusehen.

«Sei ma nich so laut, Pahlbach, wenn's ums stille

Haus geht. Die tun mehr für die Dorfgemeinschaft als du!» Christiansen musste knapp auf die sechzig zugehen. Seine grauen Haare hatte er zu einem Zopf zusammengebunden. Er trug einen buntgemusterten Pullover mit langem Schal und hatte eine Halbbrille auf der Nase. «Wer hat denn dem Hannes Arbeit gegeben? Du hast ihm doch gleich gekündigt, als er 'ne Woche krank war!»

«Wenn ihr beide jetzt nicht bald Ruhe gebt, fliegt ihr raus! Verstanden?» Der Wirt hatte sich das Geschirrtuch um den Nacken gelegt und stemmte die Fäuste in die Hüften.

Christiansen trank sein Bier aus, legte ein Geldstück auf den Tresen und verließ die Gastwirtschaft. Kurze Zeit später ging auch Hannes Lachmann. Es herrschte immer noch gedämpfte Stimmung im Lokal.

Die Kellnerin entschuldigte sich für das Benehmen der Gäste. Normalerweise gehe es hier nicht so lautstark zu, erklärte sie. Er sei einiges gewohnt und habe ein dickes Fell, entgegnete Leif daraufhin, orderte zwei neue Biere und bestellte gleich eine Runde für den Nachbartisch mit.

«Na, das hätte ich jetzt nicht vermutet», meinte Pahlbach irritiert, als die Biere auf den Tisch gestellt wurden. «Hab ich mich wohl geirrt.» Er bedankte sich kleinlaut bei Leif und prostete den beiden zu. Eine gute halbe Stunde später gingen die Männer.

«Jetzt wirst du deine Recherchen wohl aufs ganze Dorf ausweiten müssen», meinte Gero. «Das klang ja eben nach offenen Feindseligkeiten. Scheint so, als wenn einige Einwohner etwas gegen das Haus der Stille einzuwenden haben.»

«Die Dummheit einiger Menschen ist manchmal kaum zu ertragen», entgegnete Leif betrübt. «Ein Ausbildungslager! Wenn ich so etwas schon höre. Früher hätte das als Aufruf zur Lynchjustiz gegolten. Wegen ähnlich dummer Äußerungen sind schon Asylantenheime angesteckt worden.»

«Asylantenheime abfackeln und einem buddhistischen Mönch Gift ins Essen mischen ist nicht weit voneinander entfernt, auch wenn das ein anderes Kaliber ist. Den Pahlbach, den kann ich dir abnehmen. Bei dem ist gestern in die Werkstatt eingebrochen worden.»

«Ich wollte schon fragen, was deine Sperrmüllgeschichte macht.»

«Bislang ist Ruhe im Stall – bis auf den Einbruch bei diesem Pahlbach. Geschätzter Schaden etwa 10 000 Euro. Sieht nach professioneller Arbeit aus. Schließzylinder gezogen, keine Spuren. Niemand hat was gesehen oder gehört. Um zwei und um vier Uhr sind Zivile von der SoKo durch die Straße gefahren. Denen ist auch nichts aufgefallen. Das Ding passt trotzdem nicht ins Raster.»

«Wieso?»

«Am ganzen Tag sind keine weiteren Anzeigen eingegangen. Letzte Chance, und die machen nur ein Ding in der Nacht? Das kann ich mir nicht vorstellen.»

«Ist Pahlbach versichert?»

«Klar. Waren alles fast neuwertige Teile. Kein Werkzeug älter als zwei Jahre. Schon selten bei einer Bauernschmiede, findest du nicht?»

«Na also, dann rück ihm auf die Pelle. Zuzutrauen wär's ihm. Und so dumm, wie der wirkt, hast du den blitzschnell an der Kandare, wenn er's wirklich selber gedeichselt hat. Letztes Bier?»

Gero nickte. «Ich soll dich übrigens von Conni grüßen.»

Leifs Miene erhellte sich. «Wie geht's ihr? Was macht sie?»

«Und ich hätte wetten mögen, dass du dich zuerst nach deinem Wagen erkundigst», frotzelte Gero. «Frau Oberkommissarin muss sich der aufdringlichen Annäherungsversuche eines Versicherungsfachmanns erwehren, mit dem sie gerade zusammenarbeitet.»

«Ach ja? Hat sie dir das gebeichtet, oder hast du's gesehen?»

«Er wurde mir gestern kurz vorgestellt, als wir in Geesthacht Besprechung hatten. Man hat ihn uns auf Anfrage vom Gesamtverband der Autoversicherer geschickt. Auch da scheint man bezüglich der osteuropäischen Autoschieberbanden aktiv geworden zu sein. Macht einen ganz gewieften Eindruck und hat Ahnung von der Materie, auch wenn er vielleicht noch ein bisschen jung ist. So ein Mittzwanziger, Typ schlaksiger Sonnyboy mit strahlenden Augen und Surferfrisur.»

Leif lächelte. «Conni wird auf ihre Kosten kommen.»

«Täusche ich mich, oder höre ich da Brotneid? – Unter uns, Leif, sie hat mich danach gefragt, ob du inzwischen mit Miriam im Reinen bist.»

«Status quo. Aber ich arbeite dran.»

Gero machte einen tiefen Atemzug. «Wie lange geht das jetzt schon, Leif? Zwei Jahre? Deine Sorge um die Kinder in allen Ehren, aber vielleicht solltest du auch mal an dich denken.»

«Ich hab viel gegrübelt die letzten Tage. Auch darüber. Es ist ja nicht so, dass ich Conni nicht wahrnehme. Ganz bestimmt nicht. Und Miriam hat anscheinend einen Neuen – einen alten Neuen. Finn meinte zu mir, er sei ungefähr so alt wie sein Opa. Hat Lena irgendwas erzählt? Die beiden haben doch noch Kontakt, oder?»

«Nicht mehr so eng wie früher. Hin und wieder telefonieren sie ein Stündchen, aber das war's auch. Und ich muss gestehen, dass mir das auch ganz recht ist. Nicht, dass ich was gegen Miriam hätte, aber ich habe mit ihr nie sonderlich viel anfangen können. Außerdem hat sie sich im Gegensatz zu dir nie bei uns blicken lassen, seit wir umgezogen sind. Weder alleine noch mit den Kindern. Und das, obwohl sie weiß, dass Finn und Max ganz gut miteinander können. Ich werde ihr also bestimmt nicht nachtrauern. Aber du hast dich anscheinend gefühlsmäßig noch nicht von ihr gelöst?»

«Von Miriam? Doch, doch. Das ist es weniger. Ich träume bereits von anderen Frauen.» Eigentlich war es nur eine, dachte Leif. «Ich hatte nur geglaubt, man könne es noch durchhalten, bis die Kinder aus dem Gröbsten raus sind. Aber die haben ihren Knacks wohl schon weg. Jetzt geht es nur noch darum, die Trennung ohne großes Brimborium zu besiegeln.»

«Du meinst das Finanzielle?»

«Ach was, ich pfeif auf die Kohle. Mir gegenüber wird sie bestimmt keine Ansprüche stellen. Sie hat doch Geld wie Heu. Nein, ich frage mich wirklich, wer sich um die Kinder kümmern wird. Gut, Finn ist im Internat. Das zahlt, wie so vieles, Miriams Vater. Aber was soll aus Annika und Sophie werden? Die Zwillinge sind erst neun und werden bereits jetzt die Woche über bei irgendwelchen Freunden geparkt. Zu mir kann ich sie nicht nehmen, dafür hat die Wohnung zu wenig Zimmer. Oder ich muss die Stadtwohnung verkaufen und mir ein anderes Domizil suchen. Du solltest mal sehen, wie die Bude aussieht, wenn die das Wochenende bei mir waren. Na ja, bleibt die Frage, wer sich um die beiden kümmert. Tagsüber scheide ich aus, und ein Kindermädchen kann ich mir nicht leisten. Läuft also wieder aufs Internat raus. Und das muss dann Ernst wieder bezahlen. Ich scheine zum Zuschauen verdammt zu sein.»

Irgendwer machte sich da im Gebüsch zu schaffen. Eigentlich waren seine Gedanken ganz weit weg, bei diesen merkwürdigen Leuten in der Gaststätte, bei Pahlbach, beim Gärtner Lachmann, den er bislang noch gar nicht auf der Rechnung hatte, und natürlich bei Conni, aber das Rascheln im Laub war nicht zu überhören. Es klang nicht nach einer Katze oder einem Kaninchen. Dafür war es zu laut. Vorsichtig tastete sich Leif zwischen den Büschen hindurch ins Dunkel. Durch ein Fenster auf der Rückseite des Pavillons schimmerte ein schwacher Lichtstrahl. Viel war trotzdem nicht zu sehen.

Leif wartete einen Moment, bis sich seine Augen an die Dunkelheit gewöhnt hatten, dann konnte er die Umrisse einer Gestalt erkennen, die sich unter einem der Fenster dicht an die Mauer schmiegte. Regungslos verharrte er und beobachtete die Szenerie. Wie es aussah, hatte ihn die Person noch nicht entdeckt. Ungefähr 15 Meter trennten sie. Behutsam näherte er sich. Jetzt konnte er sehen, dass sie sich mit ausgestrecktem Arm an dem schmalen Fenster zu schaffen machte. Wieder raschelte es verdächtig. Leif war auf knapp zehn Meter herangeschlichen, als er auf einen Ast trat.

«Was machen Sie da?», rief er mit gedämpfter Stimme.

Für einen Augenblick herrschte Totenstille, dann drehte sich die Person blitzschnell um und rannte in die andere Richtung.

«Stehen bleiben!», rief Leif und setzte dem Flüchtenden nach. Zweige schlugen ihm ins Gesicht, sehen konnte er so gut wie nichts. Blind folgte er den Geräuschen ins Unterholz. Dem schweren Keuchen nach zu urteilen, war es ein Mann, den er verfolgte. Nach ein paar Metern strauchelte Leif und stolperte über einen niedrigen Busch. Er rappelte sich hoch und nahm die Verfolgung wieder auf.

Die Schritte waren immer noch zu hören, schienen sich aber rasch zu entfernen. Man konnte die Hand vor Augen nicht erkennen. Für einen kurzen Moment glaubte Leif, auf einem Sandweg zu laufen, dann spürte er wieder Sträucher zwischen den Beinen. Die Schritte entfernten sich weiter. Leif kam sich wie in einem dunklen Labyrinth vor. Er hatte keine Ahnung, in welchem Teil des parkartigen Grundstücks er sich befand und was für Hindernisse noch auf ihn warteten. Der andere besaß anscheinend bessere Ortskenntnisse. Jetzt hörte er Kies knirschen. Ihr Abstand hatte sich beachtlich vergrößert.

Leif blieb stehen. Nein, es machte keinen Sinn. Ohne Taschenlampe hatte er keine Chance, er war völlig orientierungslos. Schützend hielt er die Hände vor sich und tastete sich durch die Dunkelheit zurück.

«Du kommst zu spät», murmelte er, als sich nach ein paar Minuten der Mond für einen kurzen Augenblick hinter der fast geschlossenen Wolkendecke zeigte. Im selben Moment erstarrte er vor Schreck. Direkt vor ihm tauchte eine lachende Fratze aus der Dunkelheit auf. Fast hätte er aufgeschrien, dann erkannte er die Gesichtszüge des steinernen Buddhas, der vor dem alten Ginkgobaum saß. Zumindest wusste er jetzt wieder, wo er war.

Nach wenigen Metern konnte er die erleuchteten Fenster des Gästehauses sehen. Leise schlich er erneut um den Pavillon und betrachtete die Stelle, wo er den Mann entdeckt hatte. Was hatte der Kerl hier zu suchen gehabt? Für einen Einbrecher war das Kippfenster zu schmal und zu hoch gelegen. Der Lage nach musste das Fenster zu einem der Badezimmer gehören. Mit ausgestrecktem Arm konnte er gerade den Fensterrahmen erreichen. Leif stieß gegen etwas Hölzernes. Es fühlte sich an wie eine Kiste. In dem Moment fiel ihm sein Zippo ein, das er aus Gewohnheit immer noch in der Hosentasche stecken hatte.

Es war eine alte Obstkiste, die unter dem Fenster an der Wand stand. Aber auch wenn man sich daraufstellte, fehlte immer noch ein gutes Stück, um durch die Scheibe blicken zu können. Leif leuchtete den Fensterrahmen nach möglichen Einbruchspuren ab, konnte aber keine Beschädigung feststellen.

Im Lichtschein des Feuerzeugs blitzte zwischen den Blättern auf dem Boden etwas Silbernes. Leif bückte sich: Es war eine relativ neue Digitalkamera. Er kannte das Modell nicht, aber nach kurzer Zeit fand er den passenden Knopf, um die gespeicherten Bilder anschauen zu können. Was er sah, konnte er kaum glauben. Die Frau, die auf dem kleinen Display erschien, war eindeutig die graue Katze, Daniela Koch. Sehr grau sah sie auf dem Foto jedoch nicht aus. Sie war nackt und stand unter der Dusche. Hatte er einen Spanner bei der Arbeit gestört?

Leif stieg erneut auf die Obstkiste. Mit ausgestrecktem Arm konnte man die Kamera genau vor das Fenster halten. Kein Wunder, dass ihm der Kerl entwischt war, wahrscheinlich war der Typ täglich hier und kannte die Gegend wie ein Kaninchen seinen Bau. Leif klickte sich Bild für Bild auf dem Speicher zurück. Immer wieder Daniela Koch. Nochmal unter der Dusche, beim Haarekämmen, mit Handtuch, beim Rasieren ihrer Beine. Die Bilder waren gestochen scharf. Leif kam sich schon selbst wie ein Spanner vor. Dann folgte Rika von P. Es war also nicht das Interesse an einer bestimmten Person, das den Typ hierherführte. Vermutlich war es einfach nur ein armer Kerl, der sich daran aufgeilte, heimlich Frauen bei der Toilette zu knipsen.

Dieses Phänomen schien weit verbreitet zu sein, wie Leif von entsprechenden Voyeurseiten aus dem Internet her wusste. Vor drei Wochen hatten die Kollegen wieder einen Spanner dingfest machen können, der eine versteckte Kamera in der Umkleidekabine im Lübecker Hallenbad montiert hatte. Auf dem Computer von dem Kerl hatte man dann die entsprechenden Links zu ähnlichen Internetseiten gefunden.

Wieder Rika von P., beim Einseifen, beim Abtrocknen. Sie war gertenschlank, fast schon mager. Das nächste Bild überraschte ihn dann doch: Rika gemeinsam mit einer anderen Frau unter der Dusche. War das ihre Mutter? Er klickte weiter. Nein, die andere Frau war deutlich jünger, und was sie da unter der Dusche trieben, war offenbar mehr als gemeinsames Einseifen. Das waren Berührungen, die über das freundschaftliche Maß hinausgingen.

Auf dem nächsten Bild war die andere Frau von vorne zu sehen. Leif zoomte das Foto heran. Es war die junge Bedienung aus der Gaststätte, die Rika innig umarmte. Was hatte das zu bedeuten? Nach fünf weiteren Bildern, die eher auf eine lesbische Pornoseite gehört hätten, war Schluss.

Leif ging zurück zum Eingang. Das Gelände würde er morgen bei Tageslicht genauer in Augenschein nehmen. Aber was er gefunden hatte, reichte eigentlich schon. Mit leisen Schritten schlich er den Flur entlang. Es war bereits nach Mitternacht, und er wollte so spät kein Aufsehen erregen. Vorsichtig öffnete er seine Zimmertür und erschrak. Jemand war bei ihm im Zimmer gewesen.

KAPITEL 9

Ein Windstoß wirbelte die letzten Blätter des Ginkgos durch die Luft. Einen Augenblick lang tanzten sie vor dem Fenster des Meditationsraumes hin und her, wurden gegen die Scheibe gedrückt, einige verhedderten sich in Spinnweben und baumelten scheinbar schwerelos vor der Scheibe, andere landeten auf dem Fenstersims und wurden von der nächsten Böe erneut aufgewirbelt. Aus der anderen Richtung regnete ein Schauer funkelnder Lerchennadeln herab. Die gleißende Morgensonne hatte den mit Laub bedeckten Park in eine golden glänzende Landschaft verwandelt. Der Herbst ging mit mächtigen Schritten seinem Ende entgegen, und die Töne, die der Shamayana seiner Klangschale entlockte, passten zu dieser Stimmung. Leif beobachtete die anderen. Er hoffte, dass sich derjenige, der gestern Nacht in seinem Zimmer gewesen war, durch irgendetwas verraten würde, eine Geste, einen Blick.

Die Ausweispapiere hatte er bei sich getragen, das PowerBook war mit einem Kennwort gesichert, und die Dienstwaffe hatte er aus verständlichen Gründen gar nicht erst hierher mitgenommen. Es hatte nichts gefehlt. Wer auch immer seine Reisetasche durchwühlt hatte, wusste jetzt nur, dass er Polizist war.

Seine Dienstmarke hatte neben den anderen Sachen offen auf dem Boden gelegen.

Ihre Blicke trafen sich wie jeden Morgen. Leif wurde das Gefühl nicht los, als könne Daniela Koch ahnen, woran er dachte. Die Fotos aus der Kamera gingen ihm nicht aus dem Kopf. Sie erwiderte sein Lächeln, aber in ihren Augen war nichts Verräterisches, es funkelte nur die sehnsüchtige Begierde der Jägerin. Die anderen hatten ihre Augen geschlossen und waren in tiefer Meditation versunken.

Zwei Teilnehmer fehlten heute Morgen. Die Matte des Shangrila Gaya war ebenso unbesetzt wie der Platz neben Rika von P. Bisher war nur Gundula Meyer-Vielhoff einigen Sitzungen ferngeblieben. Niemand schien daran Anstoß zu nehmen. Es gab keine Anwesenheitspflicht.

Erneut trafen sich ihre Blicke. Daniela Koch hatte schöne Hände. Kräftige Hände. Nicht so maskulin wie die von Conni. Leif schloss die Augen. Wieder hatte er von ihr geträumt – plastischer denn je. Wahrscheinlich weil Gero das Thema angesprochen hatte.

Zuerst hatte er nicht einschlafen können, weil es draußen heftig gestürmt hatte und das Glockenspiel vor seinem Fenster im Wind nur so hin und her getanzt war, außerdem hatte er wie jeden Abend ergebnislos versucht, die Geschehnisse im Zusammenhang zu betrachten, und war der Frage nachgegangen, ob es überhaupt sinnvoll war, was er hier tat. Dann war er doch eingeschlafen, und es war tatsächlich so gewesen, als wenn Conni bereits auf ihn gewartet hätte.

Diesmal gab es keine Verkleidungen, kein kompliziertes Gleichnis, das in der Bildsprache buddhistischer Themen oder in Person von Miriam oder ihrem Vater daherkam, und auch sonst keine versteckte Symbolik. Einfach nur Conni selbst, ihre unvergleichliche Körperlichkeit, ihr einzigartiger Charme. Nichts hatte ihn im Traum abgelenkt. Leif wusste nicht einmal mehr, was sie überhaupt getan hatten, sie war einfach nur da gewesen. Nur selten war er so befriedigt und gleichzeitig enttäuscht aufgewacht.

«Victoria hat sich gestern Abend bereits von mir verabschiedet. Eine dringende Familienangelegenheit, wie sie sagte. Deshalb könne sie das Seminar leider nicht in der angestrebten Form beenden. Sie ist heute vor Sonnenaufgang mit dem Taxi abgereist. Ich wollte Sie noch informieren, aber Sie waren gestern Abend unauffindbar.»

«Abgereist? Ohne ihre Tochter?», fragte Leif skeptisch.

«Ich glaube nicht, dass Victoria die Mutter von Rika ist», meinte der Shamayana und nickte bedeutungsvoll, wobei er die Augen schloss. «Was sind schon Namen? Wir sollten versuchen, hinter Namen zu blicken.»

«Für mich sind Namen sogar sehr bedeutungsvoll», entgegnete Leif und gab sich Mühe, freundlich zu bleiben. So langsam ging ihm die permanente Höflichkeit hier auf die Nerven. «Wenn ich auch damit die Persönlichkeit nicht durchschauen kann, so bietet mir der Name zumindest einen Hinweis auf die Identität eines Menschen. Und auf seine Historie sowie seine möglichen Beweggründe. Und deswegen bin ich hier. – Ich werde mit Rika sprechen.»

«Mir war schon, als hätten sich deine Triebkräfte bereits gewandelt.» Der Shamayana lächelte immer noch, aber ein Anflug von Enttäuschung war ihm anzusehen.

«Ich muss leider gewisse Prioritäten setzen», sagte Leif und ließ den Shamayana stehen. Bevor er Rika von P. ein paar Fragen stellte, wollte er nach Shangrila Gaya Ausschau halten. Seine Abwesenheit bei der Meditation kam ihm nicht geheuer vor. Der Kerl war bisher die Pünktlichkeit in Person gewesen. Auf dem Weg zum Pavillon schaute Leif kurz auf dem Schießstand nach, aber Shangrila Gaya war auch nicht beim Bogenschießen. Er traf dort Alexandra und Peter Gölz an, die erschrocken voneinander ließen und sich betont distanziert gaben, nachdem sie Leif gesehen hatten.

Als auch auf zweimaliges Klopfen niemand reagierte, öffnete Leif die Tür. Er brauchte sich nur kurz umzublicken, um zu erkennen, was geschehen war. Weder der Bogen noch ein Gepäckstück war zu sehen, die Schränke waren ebenfalls leer. Der Vogel war ausgeflogen. Leif zückte sein Handy und schaltete es ein. Ein Blick auf das gemachte, aber unbenutzte Bett sagte ihm, dass Shangrila Gaya alias George Marrey bereits gestern abgereist sein musste. Das Handy hatte keinen Empfang. Leif ging nach draußen. Jetzt war es ihm egal, was die anderen von ihm dachten.

Vor dem Pavillon kam ihm der Gärtner entgegen. Lachmann hielt die Obstkiste in der Hand und blickte Leif fragend an. «Wissen Sie, wer die da hinten hingestellt hat?»

Leif schüttelte den Kopf.

«Das ist jetzt schon das zweite Mal.» Die Verärgerung war Lachmann anzusehen. «Einfach aus dem Gewächshaus genommen. Das wäre ja nicht so schlimm, aber ich lagere den Winter über kostbare Dahlien in den Kisten. Die liegen jetzt verstreut auf dem Boden rum. Bei Frost sterben die Knollen ab.»

«Keine Ahnung.» Leif zuckte mit den Schultern. Dann spürte er den Vibrationsalarm seines Handys. Er blickte aufs Display. Ein Anruf vom Großen Bruder, das musste Gedankenübertragung sein. Er wartete, bis Lachmann außer Hörweite war, dann nahm er das Gespräch entgegen.

«Sag das nochmal.» Leif konnte es nicht glauben.

«Dein Shangrila Gaya steht auf der Fahndungsliste des BKA», wiederholte Richter. «Natürlich nicht unter diesem Namen, aber George Marrey war dem Computer ein Begriff. Auch in der Interpol-Datenbank gibt es Einträge. Man vermutet, dass er als Söldner für terroristische Organisationen aktiv ist. Letztmals wurde er vor sieben Jahren in einem Ausbildungslager in Libyen gesichtet. Da nannte er sich Abud Abdal. Seither ist er wie vom Erdboden verschluckt. Seine wahre Identität ist auch bekannt. Moritz Fein, geboren 1964 in Passau, Schule abgebrochen, erstmals aktenkundig 1980 wegen Bedrohung einer Lehrkraft mit einem Samuraischwert. In seiner Wohnung stieß man damals auf ein weitläufiges Waffenlager. Fein gilt als Einzelgänger und Waffennarr. Der Mann ist auf jeden Fall gefährlich, Leif.»

«Dann kannst du eine regionale Fahndung einleiten», erklärte Leif. «Der Vogel ist ausgeflogen. Wahrscheinlich bereits gestern Abend. Ich weiß nicht, ob er sich ins Ausland abzusetzen versucht. Ihm scheint zumindest bekannt zu sein, dass ich Polizist bin.»

Fein musste es gewesen sein, der seine Sachen durchwühlt hatte. Wahrscheinlich hatte er bemerkt, dass jemand in seinem Zimmer gewesen war. Ein am Türrahmen verklebtes Haar, eine Socke auf dem Boden hinter der Tür oder eine andere Vorsichtsmaßnahme. Einem Waffennarr mit Rambo-Allüren sollten solche Tricks geläufig sein. Hatte er nur die Flucht ergriffen, weil er glaubte, man hätte einen Zielfahnder auf ihn angesetzt, oder war er tatsächlich für den Giftanschlag verantwortlich? Ein Giftmord passte allerdings überhaupt nicht zu einem Waffennarren, fand Leif. Aber was hatte Fein sonst in diesem Seminar zu suchen gehabt? Er musste noch einmal mit dem Shamayana sprechen. Vielleicht gab es ja ein anderes Motiv, das er bislang nicht in Betracht gezogen hatte.

«Kannst du mal checken, ob es möglicherweise irgendwelche Verbindungen zwischen Moritz Fein alias George Marrey und Kurt Bassen gibt? Fein hat einen amerikanischen Pass, und Bassen hat einen Wohnsitz in Miami, soweit ich mich erinnere. Miami ist doch als Drogenumschlagplatz bekannt.» Er überlegte einen

Augenblick. «Terroristische Vereinigungen finanzieren ihre Aktivitäten und Waffenkäufe häufig mit Drogengeldern. Bassen wurde mit einem Gift getötet, das auch in der Drogenszene Verwendung findet, außerdem gibt es hier noch einen jungen Kambodschaner, der diplomatische Immunität genießt und in eine Rauschgiftsache in Berlin verwickelt ist … Eine etwas ungewöhnliche Häufung, findest du nicht auch?»

«Mach ich, das sollte kein Problem sein», antwortete Daniel Richter. «Heute Morgen habe ich auch die angeforderten Gerichtsakten zu Bassens Insolvenzen auf meinem Schreibtisch gefunden. Das ist dann ein Abwasch.»

«Danke, Daniel. Ich melde mich ab jetzt immer auf dem Handy bei dir. Die Sache mit der Datenübertragung auf den Computer scheint nicht so zu klappen, wie ich mir das erhofft habe.»

«Ach, übrigens, noch was», meinte Richter. «Ich habe da was zu deinem Ehepaar Gölz gefunden. Peter Gölz, geboren 1976 in Celle; Alexandra Gölz, Jahrgang 1974. Ebenfalls in Celle geboren.»

«Ja und? Die haben sich vielleicht in der Schule kennengelernt, oder es ist sogar eine Sandkastenbeziehung. Das kommt doch häufiger vor.»

«Das sind aber die Geburtsnamen, Leif. Stehst du auf'm Schlauch? Es sind Bruder und Schwester oder meinetwegen auch Cousin und Cousine. Aber verheiratet sind die beiden nicht. So etwas ist in Deutschland nicht möglich.»

Leif überlegte, ob es nicht langsam an der Zeit war,

ganz offiziell seine Tarnung aufzugeben. Es blieben ihm noch zwei Tage, dann war das Seminar zu Ende, und die Teilnehmer würden nach Hause fahren und mit ihnen wahrscheinlich auch die Person, die ein Menschenleben auf dem Gewissen hatte. Oder sie hatte sich bereits aus dem Staub gemacht. Je mehr er über die einzelnen Seminarteilnehmer erfuhr, desto mehr Möglichkeiten und Motive boten sich ihm.

Ein diffuser Nebel hatte sich über dem Fall ausgebreitet, und Leif kam sich bisweilen vor, als habe er den Faden verloren. Die ganze Angelegenheit war wahrscheinlich zu komplex für einen einzelnen Ermittler. Allein die wahre Identität von Shangrila Gaya war ein Grund, die behutsame Ermittlung aufzugeben. Das sollten selbst Staatsanwältin Ines Wissmann und ihr Politfredi begreifen. Aber bevor er Verstärkung anforderte, musste er erst mit Dr. Schmidt sprechen und in Erfahrung bringen, ob dem Verein die wahren Namen und Adressen der Seminarteilnehmer bekannt waren.

Leif hatte sich mit Dr. Schmidt um zwölf in der Dorfgaststätte verabredet, aber kurz bevor er das Lokal erreichte, hatte Schmidt nochmals zurückgerufen und erklärt, er könne es zur verabredeten Zeit keinesfalls schaffen, da er im Stau stecke und sich bestimmt um eine Stunde verspäten würde. Für die Mittagsmeditation hatte sich Leif bereits beim Shamayana abgemeldet, außerdem knurrte sein Magen. Eine Schale Müsli am frühen Morgen reichte einfach nicht. Bevor

Schmidt eintraf, konnte er sich noch etwas Herzhaftes gönnen.

«'nen Strammen Max oder 'n großes Bauernfrühstück könnt ich Ihnen anbieten», erklärte der Wirt, als sich Leif nach dem Mittagstisch erkundigte. Paul, wie der Mann dem Namen der Gaststätte nach heißen musste, hatte mit einem übergroßen Rechen das Laub vorm Eingang zusammengeharkt. Er zog sich im Vorraum die Gummistiefel aus und schlüpfte in ein Paar Hausschlappen. Der Schankraum war menschenleer. Es roch nach kalter Zigarettenasche.

Der Wirt verschwand kurz in der Küche und kam mit umgebundener Schürze zu Leif an den Tisch zurück. «Kalte Buletten mit Senf hätt ich auch noch da. Meine Frau ist noch unterwegs, Besorgungen machen. Normalerweise haben wir so früh kaum Kundschaft.»

«Ich hätte gern einen Kaffee und das Bauernfrühstück. Eine normale Portion bitte.»

«Ist in Arbeit. Sie sind der aus dem stillen Haus von gestern, nicht?»

Leif nickte.

«Kommt nicht oft vor, dass einer von da reinschaut», redete der Wirt weiter. «Wir haben nur einfache Hausmannskost.»

«Das Sauerkraut gestern war ausgezeichnet», bemerkte Leif.

«Das müssen Sie meiner Frau Helga sagen. Sie ist für die Küche zuständig. Aber keine Bange, ein Bauernfrühstück kriege ich genauso gut hin.»

Hinter dem Tresen blubberte die Kaffeemaschine,

und aus der Küche war ein Brutzeln zu vernehmen. Der Duft angebratener Zwiebeln breitete sich langsam im Raum aus. Der Kopf des Wirtes erschien kurz hinter der Küchentür. «Der Hannes meinte mal, alle Buddhisten dort sind Vegetarier.»

«Also ich bin weder Buddhist noch Vegetarier», antwortete Leif.

«Sehr sympathisch», rief der Wirt aus der Küche zurück. Fünf Minuten später brachte er den Kaffee an den Tisch. «Essen ist gleich fertig.»

«Das hörte sich gestern so an, als sei man hier recht unterschiedlicher Meinung über das Haus der Stille», sagte Leif, als der Wirt den Teller auf den Tisch stellte. Mit einem Kopfnicken bot er ihm an, sich zu ihm zu setzen.

«Die kommen und gehen. Man bekommt die Leute eben kaum zu Gesicht. Das ist hier ein 300-Seelen-Ort. Da kennt jeder jeden.» Der Wirt zuckte mit den Schultern, rückte einen Stuhl vom Tisch und nahm Leif gegenüber Platz. «Mag daran liegen, dass keiner so recht weiß, was ihr da macht. Hannes erzählt auch nicht so viel.»

«Der Gärtner?»

«Ja, Hannes Lachmann. Der ist natürlich froh, dass er dort Arbeit gefunden hat. Kümmert sich ja sonst keiner mehr um ihn. Aber das kann man den Leuten hier auch nicht verübeln, so wie der sich immer aufgespielt hat, als es ihm noch gutging. Na ja, und jetzt, wo das Erbe verzockt ist, muss er eben nehmen, was er kriegen kann. Eigentlich ist er ein armes Würstchen.»

Leif blickte den Wirt fragend an. Das Bauernfrühstück war perfekt. Die Kartoffeln hatten noch Biss, der Speck war gut gebräunt, und an Eiern hatte er nicht gespart.

«Wie sagt man so schön: vom Tellerwäscher zum Millionär.»

«Sagten Sie nicht eben, es gehe ihm nicht so gut?»

Der Wirt lachte auf. «Na ja, und dann wieder zum Tellerwäscher oder besser zum Gärtner. Das ist ja das Einzige, was der Hannes je gelernt hat. Und wenn man's genau betrachtet, waren das damals auch schon Almosen, als sich die Kirche seiner angenommen hat.» Er schüttelte verständnislos den Kopf. «Ich kenn ja die Monika noch, seine Mutter. Wer hätte damals, als sie bei uns ins Dorf gezogen sind, schon vermutet, dass sich das so entwickeln würde. Wirklich tragisch. Der Vater hat sich totgesoffen, und die Monika hat sich ein Jahr später aufgehängt. Dabei war das so eine attraktive Frau. Die hätte bestimmt schnell einen Neuen gefunden, so wie die aussah. Ein Nachbar, der Dieter Stecklitz, hat den Hannes dann aufgenommen. Hatte ja auch schon sechs Kinder. Da kommt's auf einen mehr am Tisch auch nicht an, oder? Damals gab's so was noch, noch richtige Großfamilien und 'ne richtige Gemeinschaft im Dorf. Und unser damaliger Pastor hat dann dafür gesorgt, dass der Hannes so was wie 'ne Ausbildung bekommt. Hat dann als Friedhofsgärtner gearbeitet. Tja, und dann haben sie die Grenze aufgemacht.»

«Und was passierte dann?»

«Was hier im Dorf keiner für möglich gehalten hat. Der Hannes hat geerbt. Seine Mutter war eine geborene von Möllenhaus. Und die Familie hat wohl richtig viel Grund und Boden gehabt, bevor die Ossis da alles plattgemacht haben. Und das hat der Hannes alles geerbt. War bestimmt 'n hübsches Sümmchen, was da zusammengekommen ist. Und was macht der Idiot? Der verzockt das ganze Geld an der Börse oder so. Keiner hat was von der Kohle gesehen hier. Nicht dass Sie das falsch verstehen. Niemand hier hat die Hand aufgehalten, aber der Hannes hätte ja den Stecklitz-Kindern oder der Kirche was geben können. Aber nee, im Nu war der weg und ist nach Berlin. Hat da ein Leben in Saus und Braus geführt. Und die falschen Freunde hatte er wohl auch. Tja, vor ein paar Jahren tauchte er dann wieder auf – völlig abgebrannt. Hat mal hier und mal da als Saisonkraft gejobbt, aber so richtig hat er nie wieder Tritt fassen können. Für kurze Zeit ist er bei Christiansen untergekommen. Den haben Sie ja gestern auch kennengelernt.»

«Einer von den beiden Streithähnen?»

Der Wirt nickte. «Ja, Kalle Pahlbach und Christiansen waren sich noch nie grün. Und Pahlbach hatte Hannes eine Zeit lang als Erntehelfer auf'm Hof. Bis der krank wurde. Da hat er ihn rausgeschmissen. Wer kann es ihm verdenken. Kann sich doch heute keiner mehr leisten, einen ständig kranken Angestellten mit durchzufüttern. Obwohl, das war schon hart, wie Kalle das gemacht hat. Wir dachten zuerst, der Hannes geht vor die Hunde. Es gab schon kein anderes

Thema mehr im Dorf. Und dann haben ihm die vom stillen Haus Arbeit gegeben.»

«Das klingt tragisch. Kann er denn von drei Tagen Arbeit in der Woche leben?»

«Ich weiß nicht, was die zahlen», entgegnete der Wirt. «Ich weiß nur, dass ich ihm fürs Bier hier nichts berechne. Und Gernot wird auch nicht viel nehmen. Er wohnt bei Christiansen im alten Brautschauhaus. Obwohl, seit Cassy wieder da ist … Falls sie länger bleibt, wird's da eng. Aber ich glaube, die verduftet bald wieder.»

«Cassy?», fragte Leif interessiert. Wie er es schon häufig erlebt hatte, gab es keine bessere Möglichkeit, an Informationen zu gelangen, als ein Schwätzchen mit einem redseligen Gastronomen, Friseur oder Taxifahrer. Und dieser Wirt schien sogar sehr mitteilsam zu sein. Also spitzte er die Ohren.

«Cassy nennen wir sie nur. Gernots Älteste. Eigentlich heißt sie Cassandra. Seit ein paar Monaten ist sie aus Hamburg zurück und hat sich wieder bei ihren Eltern einquartiert. Scheint wohl Beziehungsstress gegeben zu haben. Seither hilft sie hier abends aus. Kellnern kann sie. Macht sie in Hamburg wohl auch.»

«Die Bedienung von gestern Abend?» Leif musste an die Bilder in der Kamera denken. Die Tochter von Gernot Christiansen gemeinsam mit Rika von P. unter der Dusche. Der Shamayana hatte gesagt, Victoria wäre bestimmt nicht die Mutter von Rika, und Victoria war heute Morgen frühzeitig abgereist. Das klang nach einem Beziehungsstreit. Leif war wirklich gespannt, ob Dr. Schmidt gültige Anschriften besaß, denn die Namen einiger Seminaristen schienen ja eher Phantasieprodukte zu sein.

Der Wirt nickte. «Aber lange bleibt die bestimmt nicht. Die braucht den Trubel der Großstadt. Hier fehlt ihr die Szene.»

«Hat die Cassandra irgendeinen Kontakt zum Haus der Stille?»

«Nicht dass ich wüsste. Mit religiösen Sachen hat die Cassy nichts am Hut. Die ist viel zu flippig. So war die früher schon als Kind, ist immer unterwegs gewesen, hat rumgetollt, hat Fußball gespielt. Man hätte meinen können, sie sei in Wirklichkeit ein Junge. Also mit Puppen und so ... nee, Fehlanzeige. Hat wohl an der Erziehung gelegen. Der Gernot hat mal zu mir gesagt, Gleichberechtigung beginne bei der Erziehung.» Der Wirt verdrehte die Augen. «Na ja, bei Cassy hat er's wohl ein bisschen zu gut gemeint. Von den Jungens hier im Dorf hat sich zumindest keiner mehr an sie rangetraut, nachdem sie mal einen vermöbelt hat. Aber so richtig.»

Wie Leif die Bedienung in Erinnerung hatte, machte sie keinen besonders kräftigen oder gar gewalttätigen Eindruck. «Was war damals?»

«Och, das war auf'm Erntedankfest vor ... lassen Sie mich überlegen. Muss wohl so vier oder fünf Jahre zurückliegen. Die ganze Dorfjugend war hier zum Danz op de Deel versammelt, und Alkohol ist auch nicht gerade spärlich getrunken worden. Jedenfalls, ich weiß das noch wie heute, ist ihr der Sebastian wohl im Übermut an die Wäsche ... Also wohl mehr unter die Wäsche. Das ging hier ganz schön ab. Und daraufhin ... also die hat dem dermaßen eine geknallt. Das würden Sie bei einer Frau gar nicht für möglich halten. Nicht so eine Backpfeife, sondern mit der Faust. Voll auf die Glummse. Richtig ausgeknockt hat sie den. Als er wieder auf den Beinen war, hat er irgendwas von Lesbenschlampe gemeint. Und was hat sie gemacht? Die hat dem Pahlbach so zwischen die Beine getreten, dass er bestimmt, na, ich sag mal ... so zwei, drei Wochen nicht mehr ... also bestimmt. Sie wissen schon, was ich meine.»

Die Tür zur Gaststätte wurde geöffnet. Dr. Schmidt trug einen langen Kamelhaarmantel. «Sagten Sie eben Pahlbach?», fragte Leif den Wirt, der sofort aufgestanden war und den leeren Teller vom Tisch nahm.

«Richtig. Sebastian Pahlbach. Der Sohn von Kalle Pahlbach. Karl-Heinz haben Sie ja gestern schon live erlebt. Aber der ist schon okay, der meint das nicht so.»

KAPITEL 10

Von den Sonnenstrahlen des Vormittags war nichts geblieben. Wie eine diffuse Scheibe hatte sich die Wolkendecke am Mittag über die Landschaft geschoben. Das Thermometer an Geros Außenspiegel zeigte nur noch sechs Grad an. Alles um ihn herum wirkte wie eine graue, trostlose Masse. Nicht einmal die Nadelbäume standen dem blattlosen Geäst der Wälder als Kontrast gegenüber. Gero mochte keine Tannen. Er wusste auch nicht, warum. Wahrscheinlich erinnerte ihn ihre Silhouette an den zunehmenden Schneemangel norddeutscher Winter. Und so wie es aussah, würde es auch dieses Jahr keine weiße Weihnacht geben. War es Einbildung, oder verschob sich das Klima tatsächlich? Er schaltete die Sitzheizung ein, aber nichts tat sich. Nicht einmal ein Hauch von Wärme war zu spüren. Passend zur Jahreszeit verabschiedete sich mal wieder der einzige Luxus des altgedienten Schweden. Das kannte er bereits. Bestimmt schon fünfmal hatte er die Drähte im Sitzpolster geflickt. Gero drehte die Heizung auf volle Leistung und öffnete das Fenster einen Spalt. Heute Abend würde er den Kamin anfeuern und sich einen guten Tropfen gönnen.

«*Veel Snack un Wör, kark Felders all Jör.*» Gero kam

unangemeldet. Der Inschrift nach war es zwar eher unwahrscheinlich, dass jemand tagsüber daheim war, aber der Spruch am Balken über der Tür war anno 1787 ins Holz geschnitzt worden, und seither hatte sich auch im rastlosen Leben der Bauern eine gewisse Bequemlichkeit ausgebreitet. Von daher war Gero optimistisch, jemanden anzutreffen, als er die Klingel betätigte.

Pahlbachs Gehöft wirkte wie aus einem Bilderbuch entsprungen. Die meisten der alten Gemäuer, die um eine knorrige, weit ausladende Eiche gruppiert standen, waren zwar alles andere als authentisch, aber man hatte sich Mühe gemacht, dem Besucher eine Zeitreise in frühere Jahrhunderte vorzuspielen. Dem Eingeweihten offenbarte sich das Schauspiel allein an der Geradlinigkeit des Fachwerks. «Ferien auf dem Bauernhof» stand in Altdeutsch anmutender Schrift auf einer hölzernen Tafel an der Hofauffahrt. Alles war ordentlich geputzt, die Scheunen strahlten im Glanz eines frisch aufgetragenen Holzschutzmittels, und die Reetdächer wirkten so neu, dass man förmlich den Geruch geschnittener Binsen wahrzunehmen schien. Nicht ein welkes Blatt lag zwischen den zurückgeschnittenen Stauden hinter dem weißen Bretterzaun. Ein Arrangement peinlich genauer Ordnung und Akkuratesse. Selbst die Sandflächen waren geharkt, und zwischen den alten Katzenköpfen an der Hauswand wucherte nicht das kleinste Stück Moos. Lena wäre entsetzt gewesen über diese Sorgfalt: Bauernromantik im Zeitalter von Domestos und Unkrautvernichter.

«Ja, bitte?» Karl-Heinz Pahlbach trug keine volkstümliche Bauerntracht, wie Gero es angesichts des heimelig anmutenden Hofes als passend empfunden hätte. Er hatte eine beige Manchesterhose und einen weinroten Pullover an. Ein Paar wache Augen musterten den Besucher kritisch. Pahlbach schien sich an Gero zu erinnern. «Hatten wir nicht gestern bei Paul & Helga schon das Vergnügen?»

«Gero Herbst. Kripo Ratzeburg.» Gero zückte seinen Dienstausweis. «Hätten Sie einen Augenblick Zeit, Herr Pahlbach?»

«Sie sind von der Polizei?», brummte er. Pahlbach schien verwirrt. Wahrscheinlich hatte er vermutet, dass Gero auch Gast im Haus der Stille war. «Einen Moment.»

Er schlüpfte in ein Paar Pantoffeln, die neben der Eingangstür standen, und öffnete die Tür etwas weiter, machte aber keine Anstalten, den Gast hereinzubitten. «Worum geht es denn?»

«Sie haben gestern Anzeige erstattet. Es wurde bei Ihnen eingebrochen.»

«Da waren doch schon Kollegen von Ihnen hier.»

«Ja, natürlich. Es gibt allerdings noch ein paar Unklarheiten. Ich würde mir gerne den Tatort noch einmal anschauen.» Gero blickte sich auffordernd um. «Einen hübschen Hof haben Sie. Läuft das Geschäft mit den Fremdenzimmern?»

Pahlbach nickte. «Wir können nicht klagen. Zurzeit haben wir aber keine Gäste im Haus. Ist nicht die Jahreszeit. Im Winter wollen die Leute lieber Ski fahren.

Warten Sie einen Moment. Ich hol kurz die Schlüssel zur Werkstatt.»

«Der landwirtschaftliche Betrieb läuft nebenher?», fragte Gero, während sie über den Hof zur Werkstatt gingen.

«Eher umgekehrt», meinte Pahlbach. «Um die Gäste kümmert sich meine Frau. Es war ihre Idee mit den Ferienzimmern. Wir haben das dann so ein bisschen auf alt gemacht. Die Leute mögen das. Viele kommen natürlich mit Kindern. Und die wollen dann sehen, wie 'ne Kuh gemolken wird, wollen Schweine grunzen hören und mit auf den Trecker. Wir haben von allem was. Is so 'n bisschen Mischung aus Zirkus und Zoo.»

Er zuckte unbeteiligt mit den Schultern. «Wer's mag. Ich hab damit allerdings nix am Hut. Ich mach doch hier nicht den Kasper und setz mich auf den alten Deutz rauf. Nee, meine Maschinen stehen etwas abseits. Die fahren hier nicht übern Hof. Wär auch viel zu gefährlich mit den Kindern und so. Wenn wir Mais oder Korn einfahren, dann können wir nicht auch noch um spielende Kinder herumfahren.»

«Nimmt man Ihnen das hier im Dorf krumm, dass Sie genmanipuliertes Getreide anbauen? Hightech passt irgendwie nicht so richtig zum Idyll dieses Hofes.»

Pahlbach lachte gekünstelt auf. «Ach, Sie meinen sicher das, was Christiansen gestern Abend von sich gegeben hat. Das ist 'ne lange Geschichte. Da müssen Sie sich nix bei denken. Der Gernot hat die Zeit einfach verschlafen. Von moderner Landwirtschaft versteht der eh nichts. Der wurschtelt da im Kleinen vor sich hin. Hat 'nen kleinen Hofladen und macht auf kontrollierten Anbau.» Er gab einen gehässigen Zischlaut von sich. «Kontrollierter Anbau. Dass ich nicht lache. Na klar, von ihm kontrolliert. Schnickschnack. Ich kontrollier auch, was ich anbauen tu. Aber so 'n Öko-Betrieb, der wirft natürlich nix ab. Da fragen sich die Leute heutzutage schon, ob se fünf Euro für 'ne Hand voll schrumpelige Rüben übrig haben, wenn se 'nen ganzen Sack fürs gleiche Geld bekommen können. Nee, der Gernot ist auf'm Holzweg. Aber jeder wie er will, sach ich immer. Er soll mir nur fernbleiben mit seinem Geneide und Genörgel. Ich mach hier mein Ding und setz nich wie er böse Gerüchte inne Welt.»

«Was behauptet er denn?»

Pahlbach zögerte einen Moment, als überlege er, was er einem Fremden gegenüber, noch dazu einem Polizisten, preisgeben durfte. Schließlich streckte er selbstbewusst sein Kreuz durch.

«Dass ich Sachen anbaue, die für Menschen giftig wären. Der hat doch keine Ahnung von modernem Saatgut. Immer wenn's was zu stänkern gibt, dann ist der Gernot mit im Schiff. Ich weiß auch, warum. Der nimmt mir das immer noch übel, dass ich im Gemeinderat damals nein zu seinem Windpark gesagt habe. Der wollte doch hier direkt hinter dem Dorf sechs Windrotoren bauen. Energie der Zukunft. Dass ich nicht lache. Das Dorf hätte nicht eine Kilowattstunde umsonst gekriegt. Aber das gute Weideland, das hätte die Gemeinde dafür billig rausrücken müssen. Nee, so 'ne Sperenzchen nicht mit mir. Ich kenn diese Pappenheimer – und richtig sauer bin ich geworden, als er mir feige von hinten Steine ins Fenster geworfen hat.»

«Wie bitte?»

«Na, das sag ich immer so. Uns ist hier vor knapp zehn Jahren der Hof abgebrannt. Versteckter Schwelbrand nach Blitzeinschlag. Nur das Wohnhaus konnte gerettet werden. Das war hart. Gott sei Dank hat mein Vadder das nicht mehr erlebt. Und damals hat sich erst die Versicherung krummgelegt. Das hat fast zwei Jahre gedauert, bis die gezahlt haben und wir neu bauen konnten. Und wissen Sie, wieso das so lange gedauert hat? Ich hab's erst auch nicht glauben wollen. Denen hat einer gesteckt, dass ich den Hof selber angezündet hab. Könn' Sie sich das vorstellen? Und ich weiß auch, wer das war. Dreimal dürfen Sie raten …»

«Ich bin Polizist und kein Wahrsager.»

«Na, ich will nix gesagt haben. Beweisen kann ich ja nix. Vergessen Sie's einfach.»

«Es war gestern auch herauszuhören, dass Ihnen und ein paar anderen das Haus der Stille ein Dorn im Auge ist. Gibt es dafür einen ähnlichen Grund?»

«Ich hab nichts gegen die Leute da. Sind ja friedlich – noch.» Es war Pahlbach anzusehen, dass er sich zügeln musste. Das Thema schien ein rotes Tuch für ihn zu sein. Gero war sich sicher, dass er und seine Kumpane untereinander ein ganz anderes Vokabular benutzten. «Soll'n machen, was sie wollen. Aber mal ehrlich: Warum hier? Warum hier bei uns im Dorf? Die können doch irgendwo in die Wüste gehen.» Er stupste Gero kumpelhaft am Arm. «Also, ich drück's ma so aus: Die passen hier doch nich her. Das ist hier Lauenburger Land, norddeutsche Tiefebene, und kein Ort für tibetanischen Hokuspokus. Die soll'n meinetwegen glauben, woran sie wollen. Aber warum kommen sie zu uns?»

«Ich kann mir kaum vorstellen, dass sich jemand von den Anliegern belästigt fühlen könnte. Die leben doch dort in völliger Abgeschiedenheit ...»

«... und schweigen. Ja, ich weiß», unterbrach ihn Pahlbach. «Aber genau das ist es ja eben, was hier viele stutzig macht. Die woll'n gar keinen Kontakt. Okay. Wenn das Dorf dann wenigstens irgendwie davon profitieren würde ... Aber das ist ein Verein, da fällt nicht mal groß was an Steuern für die Gemeinde ab. Ihre Brötchen kaufen sie nicht beim hiesigen Bäcker, Eier will man auch keine haben und Fleisch schon mal überhaupt nicht.»

Biedermann und Brandstifter, schoss es Gero durch den Kopf. Leute wie Pahlbach waren ihm von Grund auf unsympathisch – und unheimlich. Hinter der Fassade bürgerlicher Anständigkeit schwelte Hass auf alles Fremde. Für sich genommen, waren solche Leute meist ungefährlich, aber in einer Gruppe Gleichgesinnter konnte daraus ein explosives Gemisch werden. Das Aufstauen latenter Aggression schien ja geradezu eine deutsche Spezialität zu sein. Wegschauen und runterschlucken, bis das Fass durch eine beliebige Marginalie zum Überlaufen gebracht wurde. Da reichte dann der kleinste Zündfunke. Und Pahlbach suchte Gleichgesinnte, er suchte Bestätigung und war hundertprozentig davon überzeugt, dass er recht hatte. Andernfalls hätte er seine Meinung nicht so offen, ja fast unbekümmert einem Fremden anvertraut.

Gero inspizierte die Tür zur Werkstatt. «Sie haben schon ein neues Türschloss eingebaut?»

Pahlbach nickte. «Ja, die Versicherung hat bereits grünes Licht gegeben. Ich konnte ja nicht ahnen, dass Sie das nochmal angucken wollen.» Er deutete auf den Schließzylinder. «Das Beste vom Besten. So was kriegen die Polacken bestimmt nicht auf.»

«Warum sind Sie sich so sicher, dass die Täter aus Polen kommen?»

Pahlbach schaute Gero fragend an. Dann zog er sein unteres Augenlid mit dem Zeigefinger nach unten. «Weil, wenn's Rumänen gewesen wären, die Tür gefehlt hätte, Herr Kommissar.»

Gero verkniff sich jeglichen Kommentar. «Eine erste Aufstellung der entwendeten Sachen haben wir ja schon erhalten. Ist denn noch was dazugekommen? Uns geht's vornehmlich um die Seriennummern, falls die Teile irgendwo auftauchen sollten. Man weiß ja nie …»

«Ja, da ist noch 'ne ganze Menge dazugekommen. Auf den ersten Blick übersieht man ja so manches.»

Er öffnete die Tür und betätigte einen alten Drehschalter aus Bakelit. An der Decke der Werkstatt zuckten zwei Neonröhren auf. «Bestimmt fällt mir das Fehlen anderer Maschinen erst auf, wenn ich sie brauche.» Er ging zu einer kleinen Werkbank und reichte Gero einen Ringhefter. «Das ist alles, was ich an Rechnungen und Quittungen gefunden habe. Ungefähr für die Hälfte aller Maschinen. Kann sein, dass noch was bei unserem Steuerberater oder beim Finanzamt ist. Denen habe ich schon Bescheid gegeben.»

Leif legte das Ringbuch auf den Tisch und fing schallend an zu lachen. «Aus der Werkstatt gestohlen, ja? Das gibt's ja gar nicht. So bescheuert kann man doch gar nicht sein.»

«Was ist daran so komisch?», fragte Gero. «Ich dachte schon, jetzt hab ich ihn, aber er hat für fast alle Gegenstände Rechnungen.»

«Der Typ hat dir das wirklich in die Hand gedrückt? Ich glaub's einfach nicht.» Leif vergewisserte sich mit einem Blick zum Tresen, ob jemand mithörte, aber der Wirt war in der Küche, und sie waren noch die einzigen Gäste in der Gaststätte. «Das Leben ist doch manchmal so einfach, Gero. Hast du Handschellen dabei?»

Gero schaute ihn verdattert an. «Ich versteh immer noch nicht.»

«Ganz simpel. Wenn man ihm dieses 600 Euro teure Teil aus der Werkstatt gestohlen hat, dann darfst du mich gleich hier an Ort und Stelle festnehmen.» Leif zog die Kamera aus der Tasche und legte sie vor Gero auf den Tisch. «Ich gestehe alles, Herr Kommissar.»

Gero begutachtete die Kamera und verglich die Seriennummer mit der Kopie der Kaufquittung. Dann schüttelte er ungläubig den Kopf. «Wo hast du die denn her?»

«Na, aus Pahlbachs Werkstatt wohl kaum. Die gehört garantiert seinem Sohn. Sebastian heißt er. Ich hab den kleinen Spanner gestern Nacht vor dem Badezimmerfenster des Gästehauses entdeckt. Auf der Flucht muss er das Ding verloren haben. Schau dir mal die Bilder an. Das Aufnahmedatum wird bei dieser Art Kamera praktischerweise immer mitgespeichert.» Leif erzählte ausführlich von seinem gestrigen Erlebnis.

«Na, dem Kerl werd ich was erzählen. Den knüpf ich mir gleich morgen höchstpersönlich nochmal vor. Und seinen Sohn kann er gleich aufs Kommissariat mitbringen.» Gero betrachtete die Bilder. «Donnerlittchen. Das sollte für eine saftige Anklage reichen.»

«Kommt noch Versicherungsbetrug hinzu. Also doppelt Pech für Familie Pahlbach. – Die eine der beiden jungen Frauen ist übrigens Gast im Haus der Stille, und die andere wirst du erkannt haben. Das ist die kleine Bedienung von gestern Abend. Ich habe vorhin mit dem Wirt gesprochen – sie ist die Tochter von diesem Christiansen, der sich gestern mit Pahlbach gefetzt hat. Im Dorf scheint es ein unausgesprochenes Geheimnis zu sein, dass sie auf Frauen steht, und den Sohn von Pahlbach hat sie hier in der Kneipe bei einem Dorffest vor ein paar Jahren ordentlich vermöbelt. Vielleicht wollte er sich mit den Fotos an ihr rächen, oder er ist nur ein kleiner Wichser, und es ist

Zufall, dass er die beiden unter der Dusche überrascht hat.»

«Das wird ja immer komplizierter.»

«Richtig. Da ermittelt man in einem kleinen, scheinbar friedlichen Ort, und dann tun sich Abgründe auf … Hat dir Richter von meinem Shangrila Gaya alias George Marrey alias Moritz Fein erzählt und dass der Kandidat das Weite gesucht hat?»

Gero nickte und legte einen weiteren Hefter auf den Tisch. «Ja, die Fahndung ist aber bislang erfolglos. Das soll ich dir vom Großen Bruder geben. Er war heute Mittag in der Dienststelle. Mit einem schönen Gruß, und das mögest du bitte im Auge behalten.» Er schob Leif den Schnellhefter zu. «Die Anfragen wegen diesem T'Hom Badschur waren übrigens alle negativ. Bis auf diese eine Razzia ist er nicht aktenkundig.»

Leif blätterte durch den Ordner. Es waren fast alles kopierte Zeitungsausschnitte und Polizeiberichte sowie Pressemeldungen, die über die dpa und newsaktuell verbreitet worden waren. Tatort Frankfurt – Berichte zum dramatischen Selbstmord des Drogensüchtigen Jens M., der mit Crack vollgepumpt vom Dach eines Frankfurter Hochhauses gesprungen war – vor den laufenden Kameras eines Privatsenders. Der Bericht war nie gesendet worden, wahrscheinlich hatten die Beamten das Filmmaterial gleich an Ort und Stelle beschlagnahmt.

Leif blätterte weiter. Ein Boulevardblatt hatte natürlich trotzdem Bilder veröffentlicht. Perspektive und Dramaturgie im Stil des 11. September. Das Opfer war kaum zu erkennen. Zwei Seiten weiter ein Interview mit der verzweifelten Mutter des Toten, Gunda M. Der Bericht las sich wie eine Anklageschrift, die Biographie des Opfers wie eine Verkettung widriger Umstände und grausamer Zufälle. Was Jens M. auch versucht hatte, er war überall auf die Nase gefallen. Angeblich ohne eigenes Verschulden. Dabei stammte er aus gutbürgerlichen Kreisen, und seine Familie hatte ihm alle Voraussetzungen für ein glückliches Leben mitgegeben. So wie es dargestellt wurde, war Jens M. das klassische Opfer einer brutalen Ellenbogengesellschaft. Der Schreibstil des Journalisten zielte auf die Tränendrüse. Ein Jugendlicher ohne Fehl und Tadel – letzte Station: Drogenhölle. Natürlich auch das ohne eigenes Zutun. Die Schuldigen waren schnell ausgemacht. Jens war ins Drogenmilieu gerutscht, nachdem er seinen Arbeitsplatz verloren hatte …

Leif überflog die Zeilen, blätterte weiter. Er stockte. Auf der nächsten Seite war ein Bild der Mutter. Leif erkannte Gundula Meyer-Vielhoff. Schon beim Namen war er stutzig geworden. Man hatte sich nicht viel Mühe gegeben, ihn unkenntlich zu machen. Leif blätterte zurück. Jens M. war erst ein dreiviertel Jahr im Werk der Firma Medihuman AG, als er von der Entlassungswelle getroffen wurde. Leif schlug den Ordner zu. «Verdammter Mist! Hast du einen Blick reingeworfen?»

Gero schüttelte den Kopf.

«Das sind Berichte über einen Junkie, der vor ein paar Jahren in Frankfurt von einem Hochhaus gesprungen ist. Seine Mutter ist bei mir in diesem Seminar. Den Artikeln nach ist ihr Sohn drogenabhängig geworden, nachdem er seinen Arbeitsplatz verloren hat. Und jetzt kommt's. Der Chef der Firma, bei der er zuletzt gearbeitet hat, ist ebenfalls Gast im Haus der Stille. Ein Dr. Remmter. Gero, das ist kein Zufall. Weißt du, was ich glaube? Es geht gar nicht um den Shamayana. Weder um ihn noch um Kurt Bassen. Die Meyer-Vielhoff will sich an Remmter rächen.» Leif erhob sich. «Ich muss los – hoffentlich ist es noch nicht zu spät.»

«Soll ich mitkommen?»

«Vielen Dank, Gero, aber das erscheint mir nicht nötig. Ich werde der Meyer-Vielhoff einfach die Pistole auf die Brust setzen, heute Abend noch. Und für morgen habe ich eh Verstärkung angefordert. Die Wissmann hat schon ihr Okay gegeben. Du hörst von mir.»

«Gefällt mir zwar nicht, was du da machst, aber das ist dein Fall.»

Leif kam zurück zu Gero an den Tisch. «Ich habe jetzt drei Tage und zwei Nächte dort zugebracht, zusammen mit einem verkappten Terroristen, einem kambodschanischen Drogendealer, einem lesbischen Pärchen, einer rachsüchtigen Mutter und einer sexbesessenen Ayurveda-Masseuse … Und ich lebe noch. Das einzige Delikt, das ich bislang dem Strafgesetzbuch nach verfolgen könnte, ist das inzestuöse Verhältnis eines Geschwisterpaares, und das interessiert mich ehrlich gesagt einen toten Biber. Ich will nur wissen, wer dafür verantwortlich ist, dass Dr. Kurt Bassen sterben musste. Und spätestens morgen weiß ich das.»

Gero lächelte ihn an und nickte. «Ich drück dir die Daumen.»

«Was macht übrigens Conni?»

«Die verbringt die Nacht mit Carlos Schenkendorf.»

«Bitte?» Leif hatte das Gefühl, sein Herzschlag setze aus.

«Na ja, sie observieren gemeinsam eine Adresse.»

KAPITEL 11

«Machst du so etwas häufiger?» Conni nahm das Fernglas vom Armaturenbrett und stellte auf den seitlichen Teil des Hauses scharf. Die Fenster waren mit schmiedeeisernen Rautengittern gesichert. Seit einer halben Stunde brannte kein Licht mehr im Haus, das bedeutete erhöhte Alarmbereitschaft.

Es war kurz vor Mitternacht. Sie wussten immer noch nicht, ob überhaupt jemand im Haus war. Die Kollegen, die das Haus tagsüber observiert hatten, waren aber sicher, dass sich der Wagen in der Garage befand. Gegen sechs Uhr abends hatten zwei Personen das Haus verlassen und waren mit einem Nissan weggefahren. Ob es sich um die Eigentümer oder um Besuch gehandelt hatte, war nicht mit Sicherheit zu sagen. Das Licht konnte auch durch eine Zeitschaltuhr gelöscht worden sein.

«Hin und wieder», antwortete Schenkendorf und schob sich einen neuen Kaugummi in den Mund. «Aber bisher war ich noch nie mit der Polizei zusammen unterwegs.»

Der schwache Schein der Straßenlaterne reichte gerade eben aus, um auf die Entfernung überhaupt etwas erkennen zu können. Conni hatte den Passat etwa fünfzig Meter entfernt hinter einer Bushaltestelle geparkt, wo sie kaum auffielen. Vor zwanzig Minuten war ein Pärchen eng umschlungen keine zwei Meter neben dem Wagen entlanggegangen. Die beiden hatten sogar in ihre Richtung geblickt, aber anscheinend hatten sie nichts bemerkt, denn direkt vor dem Wagen hatten sie sich einen innigen Abschiedskuss gegeben, und der Mann hatte dabei seine Hand hinten in den Hosenbund der Frau geschoben. Für einen Augenblick hatte Conni den Atem angehalten und gebetet, dass die beiden jetzt bitte keinen Quickie auf ihrer Motorhaube veranstalteten. Womöglich wäre Schenkendorf wieder auf falsche Gedanken gekommen.

Seit gestern waren seine Balztänze endlich abgeebbt, nachdem sie beiläufig erwähnt hatte, dass ihr Herz bereits vergeben war. Bestimmt zum zwanzigsten Mal hatte sie sich daraufhin vorgenommen, endlich für klare Verhältnisse zu sorgen. Aber es war wie vertrackt, als solle es nicht sein. Jedes Mal, wenn die Gelegenheit da war, passierte etwas, das sie wieder auseinanderriss. Es war ja noch nicht einmal zu einer ernsthaften Umarmung, geschweige denn zu einem Kuss gekommen.

Dabei war sie vor nicht allzu langer Zeit schon fast in seinem Bett gelandet. Sie waren bereits auf dem Weg in Leifs Wohnung gewesen, als sein Handy geklingelt und ihn die Mitteilung erreicht hatte, seine Frau sei vom Pferd gefallen und liege im Krankenhaus. Das alleine wäre wohl nicht das Problem gewesen, denn Leif lebte seit mehreren Jahren von seiner Frau getrennt, aber es gab niemanden, der sich um die beiden minderjährigen Grazien gekümmert hätte. Am nächsten Tag hatte Leif dann erzählt, dass die Zwillinge bereits bei einer Nachbarin untergekommen waren und fest schliefen, als er angekommen war. Und das war kein Einzelfall gewesen. Ständig kam ihnen etwas dazwischen, und danach war immer die Luft raus. Keiner von beiden traute sich, wieder auf den anderen zuzugehen und den ersten Schritt zu machen. Es war wie verhext.

«Das ist wirklich Glück», meinte Schenkendorf. «Es sind von diesem Wagen in dieser Farbe und mit der Ausstattung nur etwas über hundert Fahrzeuge in Deutschland zugelassen – und einer davon steht genau in eurem Zielgebiet. Ich hatte ja mehr auf den Brandschaden getippt. Aber gut, nun ist's die Arbeitgeberlimousine geworden. Ist genau sechs Wochen alt. Irgendwie gar nicht die Gegend für so einen Wagen.»

«Stimmt», antwortete Conni. Die anderen Häuser in der Straße waren auch deutlich kleiner als ihr Zielobjekt: ein großer, weißgetünchter Bungalow mit hohem, schiefergedecktem Walmdach. L-förmiger Grundriss, soweit man erkennen konnte, ein typisches Relikt aus der Wirtschaftswunderzeit. Der Erbauer war bestimmt der Direktor oder Besitzer einer hiesigen Fabrik gewesen. Oder vielleicht ein Arzt oder Rechtsanwalt, der seine Praxisräume im Haus hatte. Wer sonst hatte sich damals ein so großes Haus bauen können?

Eine mannshohe Mauer spannte sich um das Grundstück, dahinter ragten riesige Rhododendren hervor. Neben dem Eingangstor gab es eine große Doppelgarage mit schweren Eichentüren, auf beiden Seiten von Lebensbäumen in Töpfen flankiert. In einem kreisrunden Durchlass in der Mauer waren die schmiedeeisernen Initialen des Erbauers angebracht. Es war zu dunkel, um die Buchstaben erkennen zu können. An der langgestreckten, geschleppten Dachgaube, die sich fast über das ganze Dachgeschoss erstreckte, konnte Conni den blauen Glaszylinder einer Alarmanlage erkennen. Wenn die Sache hier durchgestanden war, würde sie Leif einfach überfallen. Am besten, wenn sie ihm den Wagen zurückbrachte.

«500er S-Klasse in Tansanitblau», las Schenkendorf vor, als wäre nicht längst klar, was sie bewachten. «Innenausstattung in Basaltgrau. Annähernd alle Extras: Nachtsichtassistent, Bi-Xenon, Rückfahrkamera …»

«Und wofür braucht man so was?»

«Der pure Luxus», antwortete er. «Der Wagen hat einen Listenpreis von knapp 100 000 Euro.»

«Imponiert mir überhaupt nicht. Vor allem wenn man weiß, dass diese Autos gar nicht bezahlt sind. Wer hat schon 100 000 übrig, die er für ein Auto mal so eben auf den Tisch legen kann. Sind doch eh alles Leasingwagen.»

«Hast ja recht», entgegnete Schenkendorf. «Aber trotzdem ist und bleibt das Auto Statussymbol Nummer eins.»

«Ja, bei Männern.»

«Willst du dich etwa ausschließen? Du fährst Porsche.»

«Das war der erste Wagen, der mir angeboten wurde.» Es klang gerade so, als würde sie sich als Oberkommissarin der Kripo nur mit Porschefahrern umgeben. Wenn der Wagen nicht Leif gehört hätte, wäre sie niemals auf die Idee gekommen, einen Porsche als Leihwagen zu nehmen. Eigentlich hatte sie seinem Vorschlag nur zugestimmt, um durch irgendetwas mit ihm verbunden zu sein – und weil es so unerhört praktisch war. So war sie nicht einen Tag ohne Auto gewesen. Aber die Chance auf etwas Gemeinsames mit ihm war der Hauptgrund. Und Leif musste es genauso gesehen haben, andernfalls hätte er ihr den Wagen niemals angeboten. Sie wusste doch, wie sehr er an seinem Porsche hing. Conni spürte Schenkendorfs Hand auf ihrem Oberschenkel. Das durfte ja wohl nicht …

«Psst», flüsterte er und zeigte auf die Garage. Unter dem Giebel war ein kleines Fenster, hinter dem man einen schwachen Lichtschein erkennen konnte.

«Hast du jemanden kommen sehen?» Conni griff nach dem Feldstecher.

«Nein, überhaupt nicht», meinte Schenkendorf. «Auf der Straße und auf dem Fußweg war niemand.»

Conni griff mit der freien Hand zum Hörer des Funkgeräts. «Leitstelle. Hier ist Wagen 11. Conni Sonntag. Wir sind in der Färberstraße. Hier tut sich anscheinend was. Die Kollegen sollen sich bereithalten.»

«Du willst doch jetzt nicht eingreifen?», flüsterte Schenkendorf.

«Abwarten», entgegnete Conni und wartete auf die

Bestätigung aus der Leitstelle. Durch den Feldstecher konnte sie erkennen, wie das Licht hinter dem Fenster flackerte. Mal heller, mal dunkler. «Der Lichtkegel einer Taschenlampe», sagte sie leise. «Es muss einen hinteren Eingang zur Garage geben.»

«Und wenn das die Besitzer selber …»

«Die schleichen doch nicht im dunklen Haus umher und machen dann in der Garage eine Taschenlampe an.»

«Wagen 2 und Wagen 5. Kollegen sind unterwegs», krächzte es aus dem Hörer. Conni kannte die Stimme nicht. «Schalten Sie für interne Kommunikation um auf Handy oder Zwei-Meter-Band.» Die Stimmen der Kollegen waren Conni ebenfalls unbekannt. In dieser Woche befanden sich so viele Zivilfahnder im Kreis im Einsatz, dass es schon unwahrscheinlich war, mal einem bekannten Gesicht zu begegnen. «Wo steckt ihr?», fragte Conni.

«Wagen 2 kommt aus Lauenburg, Wagen 5 aus Mölln.»

«Das ist jetzt nicht euer Ernst. Niemand näher?» Schweigen. Conni griff erneut zum Funkgerät. «Leitstelle bitte.»

«Leitstelle für Wagen 11.»

«Die Kollegen 2 und 5 sind viel zu weit weg. Unser Einsatz in der Färberstraße ist angemeldet. Was ist los?»

«Wagen 11, mir liegt keine Einsatzbereitschaft vor.»

«Färberstraße ist Ablösung von Wagen 14. Bitte bestätigen. Ich hab mich doch bei euch angemeldet. Was soll das jetzt?»

«Sorry, sehe ich jetzt auch», tönte es verzerrt aus dem Hörer. «Einen Moment bitte, Wagen 11.»

«Ich habe keine Möglichkeit des Zugriffs. Ich bin hier mit einer Zivilperson vor Ort. Auch das sollte vorliegen.»

«Hier nochmal Wagen 2. Wagen 11, wir sind in etwa sechs Minuten bei euch.»

«Wenn das man reicht», murmelte Conni verärgert. Innerlich verfluchte sie bereits das ganze Vorhaben. Für solche flächendeckenden Großeinsätze waren die Kollegen einfach nicht ausreichend geschult. Es war schon heikel genug, dass sie hier gemeinsam mit einem Zivilisten auf Posten war, aber Gero hatte gemeint, er könne heute Nacht auf keinen weiteren Fahnder verzichten. Die Observierung der Straßen in den Sperrmüllgebieten hatte Vorrang. Und jetzt auch noch Kommunikationsprobleme. Warum hatte sie sich nur darauf eingelassen?

Es reichte nicht. Verdammt. Die beiden Garagentore öffneten sich wie von Geisterhand. «Hier Wagen 11. Es geht los.»

«Noch zwei, drei Minuten, Wagen 11.»

Der Mercedes rollte mit ausgeschaltetem Licht langsam aus der Garage. Connis Flehen, er möge ihnen entgegenfahren, half nichts. Der Fahrer der Limousine wählte die andere Richtung. Inzwischen hatte er auch das Licht eingeschaltet. Jetzt nur nicht aus den Augen verlieren, dachte Conni und startete den Motor.

«Hier Wagen 11. Verlasse Standort und nehme Verfolgung auf. – Schauen wir mal, wohin die Reise geht», meinte sie zu Schenkendorf. «Richtung 207 wahrscheinlich. – Wagen 5 möchte bitte BAB Talkau besetzen.»

Inzwischen hatte man anscheinend auch in der Leitstelle die Dringlichkeit richtig interpretiert. Zumindest war der Azubi vom Mikrofon verschwunden. «Wagen 5 sichert Talkau, verstanden», tönte es in militärischem Jargon aus dem Lautsprecher. Das war Günther Harms. Conni erkannte die Stimme sofort und war ein wenig erleichtert. «Bestätige. Wir warten Talkau. Zugriff an der Auffahrt?»

«Wenn ohne Gefahr möglich, ja.»

«Warum das denn?», meinte Schenkendorf empört. «Das ist gegen die Absprache. Wir müssen doch wissen, wohin ...»

«Ich glaube, das überlässt du jetzt besser uns», unterbrach ihn Conni und deutete auf den Tacho. Die Nadel stand bereits auf 120, und der Mercedes beschleunigte weiter. Conni folgte ihm in angemessenem Abstand. «Wir können froh sein, wenn wir dranbleiben.»

Kurz hinter Sahms bog der Mercedes auf die 207 ab. «Wie ich vermutet habe, Richtung A24.» In der Lankener Senke gab der Fahrer Vollgas, Conni hatte Mühe hinterherzukommen. Die Tachonadel näherte sich der 200. Gott sei Dank war um diese Uhrzeit so gut wie kein Verkehr.

Am Ortseingang von Elmenhorst war sie wieder

dran, die Limousine hatte stark abgebremst. Mit vorschriftsmäßiger Geschwindigkeit fuhren sie durch das Dorf. Conni hielt fünf Wagenlängen Abstand. Auf der Frontscheibe zeigten sich erste Regentropfen. Nicht gerade die idealen Voraussetzungen für eine Verfolgungsfahrt.

Kurz vorm Ortsausgang verlangsamte der Mercedes noch einmal die Fahrt. Conni musste ihn überholen, wenn sie nicht auffallen wollte.

«Ich schätze, er hat uns bemerkt», meinte Schenkendorf.

Im Rückspiegel konnte Conni sehen, dass der Wagen nach rechts Richtung Wotersen abbog.

«Vielleicht», antwortete Conni und wendete. «Ich weiß nicht, ob ich nochmal herankomme. – Wagen 5! Talkau aufgeben. Wahrscheinlich nimmt er die Auffahrt Hornbek.»

«Verstanden.»

«Jetzt weiß er, dass er verfolgt wird», sagte Conni. Der Fahrer des Mercedes hatte hinter einer Kurve auf sie gewartet, bevor er Vollgas gab. Kurz vor Kankelau musste Conni bereits mächtig gegensteuern.

«Ich geh mal davon aus, dass du das nicht zum ersten Mal machst?», fragte Schenkendorf und gab sich Mühe, nicht ängstlich zu klingen.

«Mein letztes Sicherheitstraining ist vier Wochen her», entgegnete Conni. Sie hasste diese Raserei bei Dunkelheit. Die Schilder am Straßenrand warnten vor spielenden Kindern, und der Mercedes donnerte mit fast hundert Sachen durchs Dorf. In der zweiten

Kurve rutschte Conni driftend gegen den Kantstein, fing den Wagen gekonnt ab, drosselte das Tempo aber etwas. Die Heckleuchten des Mercedes verschwanden gerade hinter der nächsten Kurve. Am Ende des Dorfes hatte der Wagen etwa 200 Meter Vorsprung.

«Haben Position Hornbek», meldeten die Kollegen. «Erbitten Wagentyp und Kennzeichen.»

«Das darf ja wohl nicht wahr sein», meinte Schenkendorf. «Sag mal, sind die blöd? Ich habe das doch alles angegeben. Das muss doch vorliegen.»

Conni reichte ihm den Hörer des Funkgeräts. «Bitte – erzähl's ihnen selber.» Warum hatte die Leitstelle diese Informationen nicht vorliegen? Hatten sie die Daten nicht erhalten? Erst die Panne mit dem Standort, dann keine verfügbaren Kollegen in der Nähe, und nun tat man so … Schenkendorf selbst hatte die Angaben übermittelt. Irgendwie war Conni die Geschichte nicht geheuer. Mit weit über hundert donnerte sie auf Schloss Wotersen zu. Wo blieben nur die Kollegen?

«Neue S-Klasse, dunkelblau, Kennzeichen Ratzeburg Paula Zulu fünfhundert. Sind jetzt vor Wotersen. Verständigt schon mal die Kollegen in MeckPomm, dass sie ihn gegebenenfalls von der Straße holen. Der fährt wie ein Irrer. – Und ich bitte darum, den Einsatzleiter zu informieren. Es kann nicht angehen, dass …»

Direkt hinter ihr tauchten urplötzlich zwei Scheinwerfer auf. «Verdammt! Wo kommt der auf einmal her?»

Der Hintermann fuhr weniger als eine Wagenlänge

auf. Conni rechnete jeden Augenblick damit, gerammt zu werden, so dicht waren die Scheinwerfer. Die angestrahlte Fassade des Schlosses kam immer näher. Wie sehr sie auch beschleunigte, der Hintermann ließ sich nicht abschütteln. Der Größe und der Höhe der Lichter nach musste es ein Geländewagen sein. Regentropfen prasselten auf die Scheibe. Conni schlingerte über das Kopfsteinpflaster. Der Passat drohte außer Kontrolle zu geraten.

«Links rum!», rief Schenkendorf. «Der Mercedes ist links herum gefahren!»

«Ich seh's ja», fluchte Conni und bremste ab. Im Rückspiegel war zu erkennen, dass der Geländewagen links an ihr vorbeiziehen wollte. Die Rücklichter des Mercedes waren im Regen nur noch schemenhaft zu sehen. Der Fahrer musste ausgezeichnete Ortskenntnisse haben. Jedenfalls bessere als sie selbst. Conni konnte die Strecke in der Dunkelheit nur erahnen.

Der Geländewagen war immer noch hinter ihr und versuchte pausenlos zu überholen. Nicht auf gleiche Höhe kommen lassen, dachte Conni und erinnerte sich reflexartig an das, was man ihnen auf dem letzten Lehrgang beigebracht hatte.

Plötzlich verengte sich die Fahrbahn, die alte Schlossmauer verlief direkt am rechten Rand. Vor ihr entfernten sich die Rücklichter des Wagens immer mehr.

Conni fuhr auf der Mitte der Fahrbahn. Es war kein Platz zum Überholen, dennoch tauchten die Lichter des Hintermannes abwechselnd links und rechts in den Seitenspiegeln auf. In den Kurven spürte sie, wie wenig Haftung die Reifen nur noch hatten. Nach einer scharfen Linkskurve wäre sie fast in den Graben gerutscht. Conni tastete nach ihrer Dienstwaffe. Den Hintermann auszubremsen konnte sie nicht riskieren. Erstens war sie mehr oder weniger alleine, und zweitens wusste sie nicht, wie viele Personen im Wagen hinter ihr saßen. Außerdem wäre der Mercedes dann über alle Berge. Aber das war ihr schon fast egal.

Die Manöver des Geländewagens wurden immer waghalsiger. Conni wollte nur noch, dass dieser Spuk ein Ende hatte.

«Vorsicht!», schrie Schenkendorf. Im Kegel der Scheinwerfer tauchte wie aus dem Nichts der Mercedes auf. Er rollte mit ausgeschaltetem Licht hinter einem Stapel Holzstämme quer über die Straße. Conni trat voll auf die Bremse, aber es war zu spät. Das Vibrieren des ABS erfasste den ganzen Wagen. Ein Moment der Hilflosigkeit: Conni sah den Wagen auf sich zuschießen, sie meinte sogar das Gesicht des Fahrers erkennen zu können. Lachte er etwa? Die Lichter hinter ihr waren verschwunden. Der Aufprall schien unvermeidlich.

Conni registrierte Schenkendorfs Hände am Lenkrad. Sie wollte ihm Einhalt gebieten, aber es ging alles zu schnell. Für einen Moment sah es so aus, als bewege sich der Mercedes, dann schien sich ihre eigene Fahrtrichtung zu ändern. Die Scheinwerfer erfassten die Baumstämme am Rande der Fahrbahn, Conni konnte die farbigen Markierungen an ihren Schnittseiten erkennen. Gelbe und orange Punkte. Leuchtende Farben. Schöne Farben. Immer noch Schenkendorfs Hände, die verzweifelt am Lenkrad rissen. Jetzt änderte sich die Perspektive. Alles drehte sich wie in einem Karussell. Oder war es ein Tunnel? Ihr war plötzlich leicht zumute. Es wurde still.

Irgendetwas drückte. Conni öffnete die Augen. Es dauerte einen Moment, bis sie sich orientiert hatte. Ihre Hand tastete vorsichtig die Umgebung ab, suchte nach dem Schalter für die Innenraumbeleuchtung. Es war dunkel, und irgendwas stimmte nicht. Die Bewegungen fielen ihr schwer. Alles schien verkehrt zu sein. Verwundert stellte sie fest, dass es anscheinend nicht zum Aufprall gekommen war, aber sie hing kopfüber im Anschnallgurt. Sie stützte sich mit dem rechten Arm ab, löste das Gurtschloss und stieß die Fahrertür auf. Schenkendorf gab keinen Laut von sich.

Mühsam krabbelte Conni aus dem Wagen. Wie durch ein Wunder schien sie nichts abbekommen zu haben. Von den anderen Fahrzeugen war nichts mehr zu sehen. Schenkendorf war ohne Bewusstsein, aber er atmete. Behutsam zog sie ihn aus dem Wagen. Dann griff sie zum Funkgerät. «Leitstelle für Wagen 11. Wir benötigen Rettungswagen und Notarzt. Standort Wotersener Weg.»

«Bist du das, Conni? Was ist passiert?»

«Wir sind im Graben gelandet. Mein Beifahrer ist nicht ansprechbar. Ich bin okay soweit.»

«Ist unterwegs, Conni.»

«Habt ihr den Mercedes?»

«Der ist bislang weder in Talkau noch in Hornbek gesichtet worden. Bundespolizei und die Kollegen in Mecklenburg sind informiert. Wenn er die Autobahn nehmen sollte, ist spätestens in Zarrentin Schluss mit der Ausfahrt. Da wird alles runtergewunken.»

«Du bist doch wohl völlig übergeschnappt, um diese Uhrzeit einen Bericht zu tippen.» So wie Gero aussah, hatte er schon im Bett gelegen. «Eigentlich gehörst du ins Krankenhaus und solltest dich durchchecken lassen.»

«Mir geht's bestens.» Conni lächelte ihn müde an und reichte ihm den vorläufigen Bericht. «Das wird auf jeden Fall ein Nachspiel haben, Gero. Es kann nicht angehen, dass die Leitstelle keine näheren Informationen über so einen Einsatz hat.» Sie wollte keinen Hehl aus ihrem Unmut machen.

«Ja, aber du selbst hast nur eine Observierung in der Färberstraße gemeldet. Ich weiß, es ist dumm gelaufen, und mich trifft mit Sicherheit eine Mitschuld, weil ich niemanden für dich freigestellt habe. Aber …»

«Zehn Kilometer, Gero. Der nächste Wagen mit Kollegen war mehr als zehn Kilometer weit weg. Das geht doch nicht.» Sie schaute ihn fassungslos an. Noch nie zuvor hatte sie in dieser Form mit ihrem Vorgesetzten geredet.

Conni fühlte sich völlig allein gelassen. Gut, vielleicht hatte sie den Einsatz unprofessionell vorbereitet, das musste sie sich aufs eigene Blatt schreiben. Dazu Schenkendorf als zweiter Mann auf dem Wagen, da fing es schon an mit dem faulen Kompromiss. Alleine hätte sie nicht gekonnt, und Kollegen waren keine verfügbar. Also hätte sie den Einsatz eigentlich abblasen müssen. Und wie hätte das ausgesehen?

Nein, weder Übereifer noch Erfolgszwang hatten sie dazu getrieben. Den Schuh zog sie sich nicht an. Sie musste weder sich noch den Kollegen irgendetwas beweisen, diese Form der Anerkennung brauchte sie nicht. Es war eher ein Entgegenkommen gewesen, eine Geste, eine Selbstverständlichkeit, als Gero ihr den Vorschlag unterbreitet hatte, gemeinsam mit einem Spezialisten von der Versicherung die SoKo Sperrmüll gezielt zu unterstützen.

Das Ganze war vor allem deshalb so ärgerlich, weil er genau den richtigen Riecher gehabt hatte. Sie waren so nahe dran gewesen. Und jetzt? Ein vermurkster Einsatz, ein schrottreifer Dienstwagen und ein verletzter Carlos Schenkendorf. Nur vom Mercedes keine Spur. Die Bilanz konnte man nicht unbedingt als erfolgreich bezeichnen.

«Wie geht es Schenkendorf?»

«Hat ihn ziemlich erwischt. Der Arzt sprach, glaube ich, von Pneumothorax. Und wahrscheinlich ein gebrochenes Schlüsselbein. Er liegt hier in Ratzeburg im Krankenhaus, der Schlawiner.»

«Schlawiner?»

«Ja. Ich bin ja mit im Rettungswagen gewesen, und während der Fahrt war er schon einigermaßen klar.

Das Sprechen fiel ihm zwar schwer, aber auf meine Frage, was es mit dem Geld auf sich hatte, hat er kleinlaut zugegeben, dass er bei seinem Job regelmäßig in die eigene Tasche gewirtschaftet hat. Ich wollte einfach nur Klarheit, weil ich den Verdacht hatte, dass er womöglich mit den Autoschiebern unter einer Decke steckt. Deswegen habe ich ihn gleich damit konfrontiert. Vor allem weil er mir vor dem Unfall ins Lenkrad gegriffen hat. Aber wahrscheinlich hat er uns damit sogar das Leben gerettet. Mein Verdacht hat sich nicht bestätigt, ein Gauner ist er trotzdem.

Seit einem Jahr kassiert er von den Autohändlern, die ihre Wagen auf diesen Auktionen versteigern lassen, eine beachtliche Provision. Und zwar fürs Mitbieten. Er selbst wäre wohl gar nicht auf die Idee gekommen, aber als man gemerkt hat, worauf er bietet, hat man ihm diesen Vorschlag unterbreitet. Wenn er den Endpreis über eine bestimmte Höhe pusht, kassiert er fünfzig Prozent vom Gewinn.»

Gero nickte gedankenversunken. «Du solltest vielleicht eine kleine Pause einlegen», schlug er schließlich vor.

«Das mache ich auch, Gero. Worauf du dich verlassen kannst. Ich gebe die Leitung für das Autoschieber-Team hiermit ab. Ein richtiges Team hat es ja nie gegeben. Nur mich und Schenkendorf sowie ein paar geliehene Leute aus deiner SoKo.»

«Übertreibst du jetzt nicht ein wenig?»

Conni schüttelte den Kopf. «Nein. Ich habe auch schon eine neue Aufgabe. Leif hat um Verstärkung fürs Haus der Stille gebeten. Er schafft das nicht alleine. Ich mache mich gleich auf den Weg.» Sie blickte Gero auffordernd an. «Es sei denn, du stellst mich dafür nicht frei.»

Natürlich hatte Gero keine Einwände gehabt. Er hatte lediglich gefragt, ob sie denn sicher sei, dass dafür jetzt die richtige Uhrzeit wäre. Sie war sich eigentlich sicher gewesen. Aber jetzt, wo sie auf dem Parkplatz gegenüber der Polizeidienststelle an der Seestraße stand, war sie sich nicht mehr sicher. Im ersten Augenblick hatte sie noch geglaubt, sie hätte sich geirrt und den Wagen heute ausnahmsweise woanders geparkt. Dann schoss ihr die Möglichkeit durch den Kopf, er könne abgeschleppt worden sein, aber erstens war das Parken hier ohne Einschränkungen gestattet, und zweitens wäre kein Polizist auf diese Idee gekommen, schließlich war der Privatwagen von Hauptkommissar Leif Jensen jedem Kollegen im Kreis bekannt. Nein, es gab nur eine Möglichkeit. Conni zitterten für einen Augenblick die Knie. Der Porsche war gestohlen worden.

KAPITEL 12

Das Zimmer war genauso spartanisch eingerichtet wie sein eigenes. Ein kleiner Schrank, ein Tisch, an den Wänden hingen bunte Thangkas. Die kleine Lampe mit dem Papierschirm spendete nur wenig Licht. Leif saß auf dem einzigen Stuhl im Raum und beobachtete Gundula Meyer-Vielhoff, die ihm gegenüber auf der Bettkante Platz genommen hatte und vor sich auf den Boden starrte.

«Ja, es stimmt», sagte sie, ohne den Blick zu heben. «Ich wollte mir ein Bild davon machen, was für ein Mensch das ist, der für den Tod meines Kindes verantwortlich ist.»

«Nur das?» Vor dem Fenster schaukelte ein Klangspiel im Wind. Die Töne sollten beruhigen, aber Leif empfand die Stimmung im Raum dadurch als noch bedrückender. Gundula Meyer-Vielhoff hatte ihn nicht einmal gefragt, ob ein bestimmter Grund vorlag, dass er hier war. Wie sie sich verhielt, musste sie es für einen Zufall halten, dass er Polizist war und vom Tod ihres Sohnes Kenntnis hatte. Andernfalls …

«Remmter weiß nicht, warum ich hier bin», unterbrach sie seine Gedanken. «Er hat keine Ahnung, wer ich bin. Wahrscheinlich weiß er nicht einmal, was mit Jens geschehen ist. Warum sollte er auch. Jens war nur ein kleines, überflüssiges Rädchen in seinem Unternehmen. Als Menschen wird er ihn überhaupt nicht wahrgenommen haben.» Sie blickte Leif für einen Moment hilfesuchend an, bevor sie erneut auf den Boden vor sich starrte.

Spätestens jetzt wäre es an der Zeit gewesen, zumindest das vertraute Du aufzugeben, das hier im Haus der Stille für alle obligatorisch war, aber Leif wollte den persönlichen Draht, der sich in den letzten Tagen während der gemeinsamen Meditation und der Gruppengespräche zwischen allen Teilnehmern aufgebaut hatte, nicht durchschneiden. Jedenfalls so lange nicht, bis er Gundula Meyer-Vielhoff mit seinem Verdacht konfrontiert hatte. «Hat sich dein Urteil über ihn nicht verändert, nachdem er sich uns gegenüber in der Gruppe offenbart hat?»

Sie nickte langsam. «Ja, er ist ein armseliges Würmchen. Er ist es nicht wert.»

«Was ist er nicht wert?», fragte Leif vorsichtig.

«Dass man sich mit seiner Person weiter beschäftigt. Er ist austauschbar. Genauso austauschbar wie …» Sie zögerte. «Nein, nicht als Mensch. Aber in seiner Funktion.» Gundula Meyer-Vielhoff blickte ihn eindringlich an. Ihr Gesicht war von Schmerz verzerrt. «Du machst dir keine Vorstellung, wie es ist …»

«Ich habe drei Kinder», antwortete Leif.

«Wie schön für dich.» Es klang weniger zynisch als vielmehr verbittert. «Ich hatte nur dieses eine. Die Drogen haben ihn kaputt gemacht. Er wusste nicht, was er tat.»

Leif nickte still. Was sollte er auch erwidern. Über den Verlust ihres einzigen Kindes würde Gundula Meyer-Vielhoff nie hinwegkommen. Er war versucht, sie zu bemitleiden. Doch nach einem Augenblick wusste er wieder, weshalb er hier war. «Was ist mit Kurt Bassen?»

Ihre Augen zeigten, dass sie nicht wusste, worauf er hinauswollte. «Was soll mit ihm sein?», fragte sie leise.

«Bassen ist der Grund, warum ich hier bin», entgegnete Leif. «Er wurde vergiftet.» Er fixierte Gundula Meyer-Vielhoff, aber wider Erwarten wich sie seinem Blick nicht aus. In ihren Augen stand nun tiefe Verständnislosigkeit.

«Er liegt im Krankenhaus?»

Leif schüttelte langsam den Kopf. «Nein, Gundula. Nicht mehr. Einen Tag nachdem er eingeliefert wurde, ist er gestorben.»

«Das wusste ich nicht. Wie furchtbar. Wir haben ihn ja kaum kennengelernt. Gleich am ersten Abend … Vergiftet, sagst du?»

«Gundula, es ist kein Zufall, dass ich hier sitze. Ich bin von der Lübecker Mordkommission.»

«Willst du damit sagen, einer von uns hat ihn vergiftet? Aber warum? Das glaube ich nicht.»

«Bis jetzt gehen wir davon aus, dass er einer Verwechslung zum Opfer gefallen ist.»

«Ach so.» Für einen Moment schien Gundula Meyer-Vielhoff beruhigt. Doch dann blickte sie Leif plötzlich entgeistert an. «Du meinst, ich könnte …»

Sie schüttelte vehement den Kopf. «Das ist doch absurd.»

«Ist dieser Gedanke so abwegig?»

Gundula Meyer-Vielhoff blickte zu Boden. «Nein», murmelte sie schließlich und erhob sich langsam. «Wahrscheinlich nicht.» Sie ging zum Schrank und öffnete ihn.

«Hast du nie daran gedacht, Rache zu nehmen?»

Sie antwortete nicht, sondern kramte in einer der Schubladen. Vielleicht sucht sie nach einem Bilderalbum, überlegte Leif, aber als sie die Schranktür schloss, gefror ihm das Blut in den Adern. In der rechten Hand hielt Gundula Meyer-Vielhoff eine Pistole. Sie war nicht auf ihn gerichtet, aber dennoch fühlte er sich eiskalt erwischt. Er kam nicht an die Waffe; sie stand zu weit entfernt. Leif zwang sich zur Ruhe. Er dachte an Gero, der ihn gewarnt hatte. Wie blödsinnig waren ihm dessen Worte vorgekommen. Leif senkte den Kopf und rieb sich mit Zeige- und Mittelfinger der rechten Hand die Nasenwurzel. Als er aufblickte, lächelte sie.

«Gib sie mir», sagte er ganz ruhig.

Gundula Meyer-Vielhoff schüttelte versunken lächelnd den Kopf. «Als ich anreiste, habe ich tatsächlich mit dem Gedanken gespielt. Nein, das ist gelogen. Ich wollte es tun. Mit der Pistole, nicht mit Gift.» Ihr Gesichtsausdruck hatte sich vollkommen gewandelt. Sie wirkte fast amüsiert.

Menschen, deren Psyche über einen längeren Zeitraum einer derartigen Belastung ausgesetzt war, waren unberechenbar, das wusste Leif. Er musste sich jeden Schritt, jedes Wort ganz genau überlegen. Sie hielt die Pistole nicht wie eine Waffe auf ihn gerichtet, sondern umklammerte sie mit der rechten Hand. Gundula Meyer-Vielhoff wirkte entrückt, abwesend.

«Gib sie mir», wiederholte Leif. «Du hast es nicht getan, und du wirst es auch nicht tun.»

«Er hätte nicht einmal gewusst, warum.» Gundula Meyer-Vielhoff schüttelte den Kopf. «Nicht einmal das. Was den einen kaputt macht, davon haben andere überhaupt keine Vorstellung. Man muss es ihnen sagen, aber er hätte auch das nicht begriffen. Ich habe es gleich gemerkt. Remmter lebt in einer anderen Welt.»

«Du hast dir bislang nichts zuschulden kommen lassen. Mach jetzt keinen Fehler und gib mir die Waffe», wiederholte Leif, dringlicher werdend.

«Schulden … Fehler … Was redest du? Es war meine Entscheidung. Als ich Remmter nach unserem ersten Treffen hier angeschaut habe, war mir schon klar, dass er es nicht wert ist.»

«Gib mir jetzt die Waffe. Bitte», fügte er fast flehentlich hinzu.

«Weißt du, wie oft ich sie mir selbst an den Kopf gehalten habe?», fragte sie, und setzte sich den Lauf der Pistole an die Schläfe. «Es gibt nichts mehr. Was ich auch mache … Es geht nicht. Ich habe danach versucht, weiter zu unterrichten. Kinder um mich … Es ging nicht. Nichts geht mehr.»

«Wie lange ist es her?»

Sie schaute ihn erstaunt an. «Das mit Jens? Drei

Jahre? Vier Jahre? Ganz ehrlich, ich weiß es nicht. Das Gefühl für Zeit ist mir abhandengekommen.»

«Nimm bitte die Pistole runter und gib sie mir.»

«Ich sitze den ganzen Tag herum, lese alte Bücher, schaue mir alte Fotos an, höre alte Musik … Alles ist alt. Es passiert nichts Neues mehr.»

Das konnte nicht ganz der Wahrheit entsprechen, zumindest über Remmter musste Gundula Meyer-Vielhoff ausgiebige Recherchen betrieben haben. Wie sonst hätte sie von seinem Aufenthalt hier wissen können. Sie war ihm nachgereist. Aber so wie es aussah, hatte sie mit dem Tod von Bassen nichts zu tun. Spätestens in dieser Situation hätte sie davon erzählt, wenn sie für seinen Tod verantwortlich gewesen wäre.

Er musste ihr Fragen stellen, zu den alten Zeiten. Er musste ihr die verdammte Waffe abnehmen.

«Wie bist du an Remmter herangekommen?»

Die Frage verfehlte ihre Wirkung nicht. Zumindest nahm sie die Pistole vom Kopf und wiegte sie unschlüssig in der Hand hin und her. Dann setzte sie sich zurück auf die Bettkante. «Es gibt Geschäftsberichte der Medihuman AG. Der Name Remmter, das Internet. Es war nicht schwer herauszufinden, in welcher Region, in welcher Stadt er lebt. Ich habe ihm aufgelauert, bin ihm gefolgt. Es gab Tage, da war ich sein Schatten.»

Leif streckte ihr ganz langsam die Hand entgegen. Wenn sie es ihm gleichtat, konnte sie ihm die Pistole geben, ohne aufzustehen. Sie rührte sich nicht.

«Es ist gut, dass du es nicht getan hast. Die Entlassungen bei Medihuman waren bestimmt nicht seine Idee. Remmter war nur zufällig der Vorstandsvorsitzende, der das Vorhaben abgezeichnet hat.»

«Trägt er damit weniger Verantwortung?» Sie betrachtete versonnen die Pistole. Ihre Stimmung schien innerhalb weniger Sekunden völlig umschlagen zu können.

«Erinnere dich, was uns der Shamayana dazu gesagt hat.» Leif versuchte sie anzulächeln. Ihre Blicke kreuzten sich, und für einen Moment sah er wieder diese endlose Trauer. «Und wir wissen sogar von Remmter selbst, wie schwer ihm dieser Job fällt.»

«Es war also die richtige Entscheidung?»

Leif nickte, auch wenn er nicht genau wusste, auf welche Entscheidung sie sich bezog, Remmters Entscheidung, die Mitarbeiter von Medihuman auf die Straße zu schicken, oder ihre eigene, ihn nicht zu töten. Er hoffte, sie meinte ihr Verhalten, und rückte noch ein wenig dichter an Gundula Meyer-Vielhoff heran. Sie kniff die Lippen zusammen und legte die Pistole in seine Hand, ohne ihn anzuschauen. Endlich.

«Und was geschieht jetzt?» Ihre Frage beendete einen langen Moment des Schweigens.

Leif legte die Waffe neben sich auf den Tisch. Er gab sich Mühe, sich seine Erleichterung nicht anmerken zu lassen, atmete einmal tief durch und suchte Augenkontakt. Gundula Meyer-Vielhoff blickte ihn an, als sei nichts geschehen. Leif hatte solche Situationen schon mehrfach erlebt, obwohl er sich eingestehen musste, dass er in diesem Fall nicht darauf vorbereitet gewesen war. Er fragte sich, ob sie jemals von dieser Waffe Gebrauch gemacht hätte, und bezweifelte es schließlich. Der Plan, einen Menschen zu töten, war in der Theorie meistens ganz einfach. Die Realität sah anders aus. Nur wenige waren dazu wirklich in der Lage – und Gundula Meyer-Vielhoff entsprach diesem Typ nicht. Wenn überhaupt, dann hätte sie eine Kurzschlusshandlung begehen können, eine Tötung im Affekt vielleicht, aber keinen vorsätzlichen und kaltblütigen Mord.

«Wem gehört die Waffe?», fragte Leif und starrte auf die Pistole, eine alte Beretta.

«Die stammt noch von meinem Mann. Wir haben uns letztes Jahr getrennt. Er ist ausgezogen … es ging nicht mehr. Wir konnten nur noch über Jens sprechen. Es war am besten so.»

«Hat er wenigstens einen Waffenschein?»

Sie nickte.

Leif nahm die Pistole vom Tisch und zog das Magazin heraus. Es waren nur zwei Patronen drin, und die Waffe war nicht durchgeladen. «Die brauchst du wohl nicht mehr?», fragte er, nachdem er die Patronen aus dem Magazin genommen und in die Hosentasche gesteckt hatte.

«Nein», meinte sie fast erleichtert. «Bestimmt nicht.»

«Das ist gut», entgegnete Leif und erhob sich.

«Und was geschieht jetzt?»

«Was soll geschehen? Das Leben geht weiter.»

Sie starrte ihn ungläubig an.

Leif steckte die Waffe unter seinem Pullover in den Hosenbund und ging zur Tür. «Danke», hörte er leise. Er drehte sich noch einmal um.

«Danke für das Gespräch», sagte Gundula Meyer-Vielhoff.

«Gern», antwortete er nach einem Moment des Zögerns, nickte ihr noch einmal zu und verließ das Zimmer. Er hatte das Gefühl, richtig gehandelt zu haben. Es störte ihn in diesem Moment nicht einmal, dass sein anfänglicher Verdacht, was die Todesumstände von Bassen betraf, damit hinfällig geworden war. Er musste von vorne anfangen. Und es blieb ihm nicht mehr viel Zeit. Morgen war der letzte Tag, und noch war unklar, wen man ihm an die Seite stellen würde.

Ab sofort musste er mit offenen Karten spielen und sich einen nach dem anderen vornehmen und verhören. Damit war dies die letzte Nacht, die er hier verbringen würde. Wenn sein Auftrag bekannt war, war der räumliche Abstand zu den restlichen Bewohnern unumgänglich.

Leif betrat sein Zimmer und schloss die Tür. Auch wenn er der spartanischen Unterbringung bestimmt nicht nachtrauern würde, wollte er die Ruhe an diesem Ort ein letztes Mal genießen. Vor allem die Träume der letzten Nächte hatten ihm die Augen geöffnet. Das konnte kein Zufall sein. Offenbar hatte die Stille an diesem Ort seine Sinne geschärft und auf das Wesentliche gelenkt. Was seinen Auftrag hier betraf, war er allerdings eigentlich kein Stück weitergekommen.

Sosehr er sich auch bemüht hatte, im Mittelpunkt seiner Gedanken hatte stets Conni gestanden. Er musste es akzeptieren – und er nahm sich fest vor, danach zu handeln. Aber vorerst war er hier.

Kaum hatte er die Waffe in seinem Schrank versteckt, klopfte es zaghaft an der Tür. Leif schaute auf die Uhr. Es war bereits weit nach Mitternacht. Wahrscheinlich war es Gundula Meyer-Vielhoff, die das Gespräch fortsetzen wollte. Vielleicht weil sie etwas Wichtiges vergessen hatte? Wirklich müde war er trotz des langen Tages nicht. Auch wenn er nur wenig Lust auf die fortgesetzte nächtliche Konversation mit einer leidenden Seele verspürte, so überwog doch die Neugier.

Bevor er die Tür erreicht hatte, öffnete sie sich mit einem leisen Quietschen. Im Türrahmen erschien der Kopf von Daniela Koch.

«Entschuldige», stammelte sie fast erschrocken, als sie Leif erblickte. Er erwartete schon, sie würde sich dafür entschuldigen, sich in der Tür geirrt zu haben, aber sie trat ohne Aufforderung ein. Man klopfte schließlich auch nicht an die eigene Tür. «Es ist … ich habe es schon zweimal versucht, aber du warst nie da. Es ist nur … Störe ich etwa?», fragte sie im Flüsterton.

«Noch nicht. Aber ich wollte gerade ins Bett gehen.»

Sie schloss die Tür hinter sich. «Es ist nur …», begann sie wieder und stockte abermals. «Morgen Abend endet doch das Seminar … und es wäre schade, wenn wir … also was ich damit sagen will … Ich hatte dir doch schon erzählt … eine Massage. Du erinnerst dich?»

Leif blickte sie verwirrt an. Was hatte sie gesagt? Ihm fehlten die Worte. Es war die lächerlichste und zugleich mutigste Verführungsnummer, die er bislang erlebt hatte. Und dass es eine war, daran bestand kein Zweifel. Hatte sie getrunken? Ihm war so, als wenn Daniela Koch sich etwas schwankend bewegte. Ihr Blick war gierig wie immer – anders konnte man es nicht bezeichnen.

«Und ich wollte dir doch etwas von mir mitgeben.» Ihr seidener Morgenmantel mit dem Paisleymuster schlug etwas auf, und Leif konnte erkennen, dass sie darunter nackt war. Sie machte einen Schritt auf ihn zu.

Leif entzog sich der drohenden Nähe mit einer Drehung.

Sie hielt für einen Moment inne. Der Mantel hatte sich ganz geöffnet. «Ich dachte nur … du hast es genossen. Und wir könnten doch … Ganz ohne Verpflichtungen», fügte sie auf einmal ganz unromantisch hinzu und schaute auffordernd an sich herab.

Leif bemühte sich, seinen Blick dem ihren nicht folgen zu lassen. Er wusste ja bereits von den Bildern auf der Kamera, was ihn erwartete.

«Ich weiß dein Angebot durchaus zu schätzen», begann er. Es war ihm nicht daran gelegen, sie zu verletzen. Er wollte nur möglichst schnell und unbeschadet aus dieser Situation heraus. «Aber für mich gibt es Verpflichtungen. Und die werde ich auch hier nicht abschalten können. Ich bin Polizist und nicht zu meinem Vergnügen hier, sondern weil ich die Todesumstände von Dr. Kurt Bassen untersuche. Der Mann wurde vergiftet, und die Wahrscheinlichkeit, dass es eigentlich jemand anderen treffen sollte und er nur zufällig zum Opfer wurde, ist recht groß.»

Es war immer noch das Beste, die Menschen mit der Wahrheit zu konfrontieren. «Und du kannst mir glauben, dass ich in den wenigen Tagen hier bereits so viel in Erfahrung gebracht habe, dass annähernd jeder hier sowohl als Täter als auch als Opfer in Frage kommen könnte.»

Sie blickte ihn erschrocken an. «Du weißt es also.»

«Was weiß ich?»

«Hast du keine Erkundigungen über mich eingeholt?» Mit einer flinken Bewegung schloss sie ihren Morgenmantel. Ihre Hände hielten den Stoff krampfhaft umklammert. «Es holt mich immer ein», sagte sie resigniert und wandte sich dem Fenster zu. Ihre Stimme hatte sich schlagartig verändert, sie klang fast beleidigt.

«Bislang habe ich noch keine Erkundigungen eingeholt. Auf was würde ich denn stoßen?»

Daniela Koch starrte irgendwo ins nächtliche Dunkel hinter der Scheibe. Da hatte ihn die Ermittlungsarbeit doch schneller als gewollt eingeholt, dachte Leif. Was verbarg Daniela Koch für ein Geheimnis? Vordergründig hatte er bislang eher die Verwechslungstheorie in Erwägung gezogen, auch wenn er die Möglichkeit einer gezielten Tötung nie ganz ausgeschlossen hatte. Aber ohne Motiv blieb das reine Spekulation. Er war auf alles gefasst.

«Ein dunkler Fleck in meiner Vergangenheit, wie es so schön heißt», sagte sie endlich, ohne sich umzudrehen.

«Hat das etwas mit dem Tod von Bassen zu tun?», fragte Leif ganz direkt.

Sie schüttelte den Kopf. «Für dich vielleicht schon. Aber dann sind es die falschen Schlussfolgerungen.»

«Kannst du weniger rätselhaft sprechen?»

«Man hat ihn vergiftet, sagst du? Dann werde ich wohl als Tatverdächtige gelten.»

«Und weshalb? Kanntest du ihn vorher?»

«Nein, aber ich kenne mich mit Gift ganz gut aus. Mit Gift, das Leiden verringert.»

«Bassen starb an einer hohen Konzentration Digitalis. Genauer gesagt an Colchicin. Man hat ihm eine große Menge von Blättern der Herbstzeitlosen ins Essen gemixt.»

«Colchicum autumnale. Auch damit sollte ich mich auskennen. Ich bin Ärztin.» Daniela Koch drehte sich um und schaute Leif in die Augen. «Nein, falsch. Ich war Ärztin. Vor zehn Jahren hat man mir die Approbation entzogen.»

«Aus welchem Grund?»

«Ein Patient war der Grund. Ich habe sein Leiden verringert.»

«Dafür wird einem nicht die Approbation entzogen.»

«Anders ausgedrückt: Ich habe nicht nur sein Leiden verringert, sondern auch sein Leben verkürzt. Oder das, was davon übrig war.»

Ihr Lächeln hatte jetzt fast etwas Triumphierendes. «Tötung auf Verlangen lautete der Vorwurf. Ich habe mich im Sinne der Anklage in allen Punkten für schuldig erklärt. In Deutschland kommt das für einen Arzt der Todesstrafe gleich. Da gibt es kein Abwägen, keine langen Diskussionen. Die Hintergründe werden überhaupt nicht herangezogen und beleuchtet.

Der Mann hatte unglaubliche Schmerzen. Wir haben es besprochen. Es gab eine schriftliche Verfügung. Aber so etwas zählt nach den hiesigen ethischen Vorstellungen nichts. Das liegt daran, dass diese Schmerzen, die zu einem solchen Entschluss führen, für andere nicht vorstellbar sind. Wer sie kennt oder wer die Schreie erlebt hat, denkt darüber anders. Man sollte jeden Politiker in diesem Land, der sich anmaßt, in dieser Sache urteilen zu können, dazu zwingen, sich ein Bild vor Ort zu machen. 24 Stunden an der Seite eines Menschen, der ohne Hoffnung auf Besserung leiden muss.»

«Gibt es keine Linderung durch starke Schmerzmittel, Morphium, Opiate für solche Fälle?»

«Sicher gibt es die. Und in der Regel erzielt man damit auch gute Erfolge», erklärte Daniela Koch. «Wenn man ein Leben im totalen Dämmerzustand als lebenswert bezeichnen will», fügte sie hinzu. «Aber es gibt auch Krankheitsbilder, da hilft so etwas nur bis zu einem bestimmten Stadium. Die Existenz solcher

Krankheiten wird aber Gott sei Dank nicht an die Öffentlichkeit getragen. Es liegt an uns Ärzten, die Patienten über den unausweichlichen Verlauf und die Folgen aufzuklären.»

Davon hatte Leif zwar noch nichts gehört, aber es fiel ihm nicht schwer, sich das vorzustellen. Mehr wollte er gar nicht wissen. Soweit er wusste, litt Dr. Kurt Bassen an keiner solchen Krankheit. Andernfalls hätte es im Autopsiebericht gestanden.

«Würdest du es wieder tun, wenn du die Gelegenheit dazu hättest?», fragte er.

«Ich habe keine Gelegenheit mehr», antwortete sie. «Aber wenn man an mich herantreten würde … Ja, jederzeit.»

«Und du würdest dich damit wieder strafbar machen», vervollständigte Leif.

«Nein», entgegnete Daniela Koch, und ihre Augen funkelten dabei gefährlich. «Nein, ich würde es wie viele meiner ehemaligen Kollegen tun: Ich würde es nicht an die Öffentlichkeit tragen. Diesen Fehler habe ich nur einmal gemacht. Die Bürde, die sich ein Mediziner mit einer solchen Entscheidung auflastet, wiegt schwer genug. Sie verändert sich nicht dadurch, dass es Dritte erfahren.»

Sie zwang sich ein Lächeln ab. «Man muss lernen, damit umzugehen. Auch aus diesem Grund bin ich hier. Der Buddhismus hält für solche Dinge ein paar mehr Antworten bereit als unsere Religion und die christlichen Kirchen. Zudem ist Meditation Balsam für die Seele.»

Leif zog sich die Bettdecke über die Schultern. Ihn fröstelte. Der Blick zur Uhr zeigte ihm, dass dies eine kurze Nacht werden würde. Tausend Gedanken kreisten durch seinen Kopf, aber er bekam keinen davon richtig zu fassen. Nur der Umstand, dass er nicht weiterkam, war offensichtlich. Erst der Verdacht gegenüber Gundula Meyer-Vielhoff, der sich im Nachhinein als unbegründet herausgestellt hatte, und dann noch das Geständnis von Daniela Koch, das jedoch in eine ganz andere Richtung gezielt hatte. Viele blieben nicht mehr übrig. Leif versuchte, sich ein Konzept für den morgigen Tag zurechtzulegen. Mit wem sollte er beginnen? Im Stillen hoffte er, dass Moritz Fein den Kollegen bis dahin ins Netz gegangen war und die Tat, aus welchem Grund auch immer, gestehen würde.

Erneut klopfte jemand an der Tür. Es war Viertel nach vier am Morgen. Leif schlug die Bettdecke zurück und schlüpfte in seinen Pullover, an Schlaf war so oder so nicht mehr zu denken. Neugierig öffnete er die Tür. Dann verschlug es ihm endgültig die Sprache.

«Guten Morgen, Leif. Ich weiß, es ist nicht gerade die übliche Uhrzeit, um sich zum Dienst zu melden … Aber es gibt da etwas, das ich dringend mit dir besprechen muss.»

Sein Herz fuhr Achterbahn. Ja, es gab jede Menge Dinge, die dringend zu besprechen waren. Aber so, wie Conni ihn anlächelte, hätte sie auch gar nichts zu sagen brauchen. Dann entdeckte er das Pflaster an ihrer Stirn. Am Haaransatz waren mehrere kleine Hautabschürfungen zu erkennen.

«Was ist los? Hattest du einen Unfall?» Er trat einen Schritt beiseite und ließ sie ins Zimmer.

«Unter anderem. Aber nicht mit deinem Wagen. Du hast Verstärkung angefordert.»

«Verstärkung, ja …», stammelte er irritiert. Conni hatte ihn völlig überrumpelt.

«Ich hoffe, du bist damit einverstanden …»

«Und wie ich das bin», antwortete Leif. Er wunderte sich selbst über seine Wortwahl, so direkt, so unmissverständlich, wie es eigentlich gar nicht seine Art war. Er hatte von ihr geträumt, hatte nach ihr gegiert, und nun stand sie vor ihm. Nicht im Entferntesten wäre er auf die Idee gekommen, dass die angeforderte Unterstützung in einer solchen Form über ihn hereinbrechen würde. Anders konnte er es nicht empfinden. Und es war ihm in diesem Augenblick völlig egal, um welche Uhrzeit sie ihn überfiel. «Ich kann mir keinen schöneren Partner vorstellen.»

Sie lächelte verlegen und stellte ihre kleine Reisetasche auf den Boden, zog ihre Daunenjacke aus und warf sie über den Stuhl. Dann schaute sie sich im Zimmer um. Conni trug wie immer Jeans, darüber einen braunen Rollkragenpullover mit Zopfmuster. Das lederne Schulterholster umspannte ihren Busen wie ein Push-up-BH. «Wir arbeiten ja nicht so häufig zusammen», erklärte sie und legte das Schulterholster ab.

Sie sah einfach überwältigend aus. Mit einer lässigen Bewegung – Leif war überzeugt, dass alle Frauen mit langen Haaren so etwas vor dem Spiegel einstudierten – strich sie ihre blonde Mähne zurecht.

«Ich meine nicht nur im Job», sagte Leif und fixierte sie. Es war ein eindeutiges Zeichen, dass sie gekommen war. Warum sollte er also noch lange drum herumreden?

Sie machte ein paar Schritte auf ihn zu. Jetzt, wo sie direkt vor ihm stand, erschien sie ihm noch größer. Größer und schöner.

«Du weißt, was du da sagst?», flüsterte sie mit zitternder Stimme.

«Ich bin mir ziemlich sicher.»

Leif registrierte, wie ihr Blick langsam an ihm hinabfuhr. Wahrscheinlich sah er total albern aus in seinen Boxershorts und dem dicken Winterpullover, aber ihre Augen signalisierten etwas anderes. Seine Hände griffen vorsichtig um ihre Schultern. Er spürte keine Gegenwehr. Ganz langsam zog er sie zu sich heran. Ihr Mund öffnete sich, als wenn sie etwas sagen wollte, aber es blieb bei dieser Geste. Nur eine Handbreit trennte sie. Er spürte ihren Atem.

Als ihre Hände seine Hüften umfassten, erstarrte er. Ihr Griff wurde fester. Noch immer schaute sie ihm direkt in die Augen, der Blick schien ihn durchbohren zu wollen. Ihre Pupillen waren so sehr geweitet, dass er die Farbe ihrer Iris nicht mehr erkennen konnte. Die Sommersprossen auf ihrer Nase wurden unscharf. Er liebte ihre Sommersprossen. Leif spürte ihre Lippen, die sich feucht anfühlten. Er konnte nicht mehr unterscheiden, ob das Pulsieren, das seine Brust durchströmte, von seinem oder von ihrem Herzen herrührte, so sehr pressten sich ihre Körper aneinander.

Als sich seine Hände unter ihren Pullover schieben wollten, löste sie den Griff und riss sich das Kleidungsstück förmlich selbst vom Körper. Er tat es ihr gleich. Seine Finger tasteten zu ihr zurück, suchten nach ihren Brüsten. Unter dem Pullover trug sie nur ihren BH, den sie schon selbst geöffnet hatte. Es ging alles viel zu schnell – als ob keine Zeit blieb.

Nachdem sich ihre Haut das erste Mal berührt hatte, gab es kein Halten mehr, kein Zögern. Conni war kräftiger, als er erwartet hatte. Kräftiger und rigoroser. Zielstrebig. Kein vorsichtiges Tasten, kein Abwarten. Seine Hände drängten sich in ihren Hosenbund, während er ihre Zunge spürte. Sie ließen sich fallen, wälzten sich auf dem Boden. In völliger Sprachlosigkeit rissen sie sich gegenseitig die letzten Kleidungsstücke vom Körper. Alles war gieriges Verlangen, anders als in den Träumen. Er hatte Miriams kleinen Busen gespürt, als er von Conni geträumt hatte. Jetzt war er überwältigt. Es durfte nicht aufhören. Er schob seine Hand zwischen ihre Beine. Ihre Schenkel öffneten sich bereitwillig. Kein Zurückschrecken unterbrach ihre Begierde.

Als wenn sich ihre Körper längst gekannt hätten, fielen sie übereinander her. Sie drückte ihn auf den Boden, er vergrub seinen Kopf in ihrem Schoß, kurze Zeit später saß sie rittlings auf ihm und krallte sich an ihm fest. Leif verspürte keinen Schmerz. Hätte er geträumt, wäre er spätestens jetzt aufgewacht. Blicke ersetzten jedes Wort. Ihrer beider Haut war schweißnass, und trotzdem nahm Leif eine erregende Gänsehaut überall auf Connis Körper wahr. Er brauchte ihre Hände nicht zu führen. Sie wusste genau, was sie wollte, was er wollte. Sie hätten es viel früher tun sollen, durchfuhr es ihn. Das zuckende Stoßen ihrer Lenden war betörend und fordernd gleichermaßen. Sie umklammerte sein Geschlecht mit ihrer Wärme. Irgendwann verschmolzen sie gänzlich, und Leif wusste nicht mehr, wo sein Körper begann und wo er aufhörte, bis ein erlösender, kaum unterdrückter Schrei das Haus der Stille durchschnitt.

KAPITEL 13

Conni wusste nicht, ob das etwas zu bedeuten hatte, aber die junge Frau, die gerade dabei war, das Zimmer herzurichten und das Bett zu beziehen, war eindeutig dieselbe Person, die ihr vor wenigen Stunden im Haus der Stille gezeigt hatte, wo Leifs Zimmer lag. Auch sie schien die nächtliche Begegnung nicht vergessen zu haben, das verriet der skeptische Blick, mit dem sie den Gast beäugte. Für Conni war nun klar, dass Außenstehende ungehindert Zutritt hatten zu den dortigen Räumlichkeiten. Ob Besuche im Haus der Stille um diese Uhrzeit üblich waren, würde sie noch herausfinden.

Gästezimmer würden nur selten verlangt, hatte sie entschuldigend erklärt, als Conni sich am Morgen nach einem Quartier im Gasthof Paul & Helga erkundigt hatte – für zwei Personen. Es gebe aber nur ein Doppelzimmer, hatte sie gemeint, nachdem Conni ihren Dienstausweis vorgelegt hatte. Das sei in diesem Fall sicher in Ordnung, hatte Conni daraufhin geantwortet und in sich hineingelächelt. Allein der Gedanke an die letzte Nacht ließ ihr ein Kribbeln über den Rücken laufen. Sie hatte seit vierundzwanzig Stunden nicht mehr geschlafen, aber verspürte überhaupt keine Müdigkeit. Immer wieder ließ sie die Geschehnisse

Revue passieren. Es war überwältigend gewesen. Der erste Sex seit mehr als einem Jahr – und dann gleich so etwas. Sie war selbst über ihr körperliches Verlangen erschrocken. Leif musste es ähnlich gegangen sein. Warum hatten sie nur so lange gewartet?

Sie legte die Mappe mit den Unterlagen auf den kleinen Tisch und wartete, bis die Frau das Bett bezogen hatte. Immer wieder warf sie Conni einen interessierten Blick zu. Dass sie eine Waffe trug, schien dabei ihr besonderes Interesse zu wecken. «Sind Sie öfter im Haus der Stille?», fragte Conni schließlich.

«Eine Freundin von mir ist dort zu Gast», erklärte die andere beiläufig, während sie die Kopfkissen aufschüttelte. «Wir haben uns festgequatscht, und es ist wohl ein bisschen spät geworden gestern.»

«Das soll vorkommen», sagte Conni. Sie hatte noch Schwierigkeiten bei der Namenszuordnung, aber dies musste die Frau sein, die ein Verhältnis mit einer der Bewohnerinnen im Haus der Stille hatte. Leif hatte es vorhin kurz erwähnt, als er sie im Schnelldurchgang über die wichtigsten Geschehnisse und Personen in Kenntnis gesetzt hatte. Sie sah zwar nicht aus wie eine Lesbe, aber der Blick, mit dem sie Conni beäugte, war ziemlich eindeutig. Nachdem sie gegangen war, sperrte Conni die Tür ab, zog sich aus und sprang unter die Dusche.

Beim Einseifen dachte sie an Leif. Was mochte er jetzt denken? War es einfach ein Abenteuer für ihn? Nein, er hatte von Partnerschaft gesprochen. Aber war ihr daran überhaupt gelegen? Sie verwarf ihre

Skrupel. Natürlich wünschte sie sich Leif als festen Partner. So richtig hatten sie darüber natürlich nicht gesprochen, wie es weitergehen würde, wie die Zukunft aussah, eine gemeinsame vielleicht … Idiotische Gedanken schossen ihr durch den Kopf, aber sosehr sie sich auch bemühte, sie konnte sie nicht abschütteln. Leif war verheiratet, auch wenn er von seiner Frau getrennt lebte. Er hatte Kinder.

Das Wasser wurde schlagartig kalt. Conni biss die Zähne zusammen und spülte sich die letzten Schaumreste vom Körper. Nein, sie würde ihn nicht wieder loslassen.

Sie wickelte sich in ein Handtuch und breitete dann die Unterlagen auf dem Bett aus. Sie musste sich auf den Fall konzentrieren. Aber als sie Leifs Notebook einschaltete, war er schon wieder präsent. Das Passwort laute «Sonntag», hatte er ihr grinsend erklärt.

Sie musste sich eine Übersicht verschaffen. Personenverzeichnis, Verdächtige, der Autopsiebericht, die Vita des Opfers, bisherige Aussagen. Es war ziemlich viel Material, und Leif hatte ihr fünf Tage voraus. Dieser Vorsprung war wenn überhaupt nur mit einer konsequenten Systematik und viel Disziplin zu kompensieren. Wenn sie nur nicht immer wieder an ihn hätte denken müssen. Am meisten hatte es sie überrascht, wie er auf den Diebstahl seines Porsche reagiert hatte. Ihm gingen momentan ganz andere Dinge durch den Kopf, hatte er erklärt, als sie ihm die Kopie der Anzeige zu lesen gegeben hatte – wichtigere. Dann hatte er sie in den Arm genommen und gemeint, der

Wagen sei gut versichert und sie könne ja wohl nichts dafür. Außerdem habe er so oder so schon längere Zeit mit dem Gedanken gespielt, sich einen neuen Wagen zuzulegen, von daher komme es ihm gar nicht so ungelegen. Er war cool geblieben, wie es eben seine Art war. Schließlich hatte er noch grinsend gemeint, sie verfüge jetzt ja auch über sehr gute Kontakte zur Versicherungsbranche, wie er gehört habe, und auch aus diesem Grund könne er sich nicht vorstellen, dass man ihm dort irgendwelche Schwierigkeiten machen würde. Wahrscheinlich hatte ihm Gero von ihrer Zusammenarbeit mit Schenkendorf erzählt.

Während Leif das gemeinsame Frühstück dazu nutzen wollte, die Seminarteilnehmer über den wahren Grund seiner Anwesenheit aufzuklären und mit den Befragungen fortzufahren, sollte sie sich auf die Vita von Bassen konzentrieren. Es gab zwei Möglichkeiten. Entweder er war zufällig zum Opfer geworden, wie sie ursprünglich angenommen hatten und weshalb man überhaupt in eine verdeckte Ermittlung eingewilligt hatte, oder aber Bassen war tatsächlich das Ziel des Verbrechens gewesen. Leif verfolgte weiterhin die erste Variante, die allerdings mehrere Konstellationen bezüglich Täter und Opfer mit sich brachte. Daher sollte sie Bassens Leben nach möglichen Kreuzungspunkten mit denen der anderen Bewohner durchforsten. So hatten sie es zumindest abgesprochen.

Conni studierte den Obduktionsbericht. Die giftigen Blütenblätter waren gemeinsam mit Resten von Körnern, Nüssen und anderen Ballaststoffen im Verdauungstrakt des Toten gefunden worden. Man könne es zwar nicht endgültig verifizieren, hieß es im Bericht, aber dass er das Gift zusammen mit dem Müsli zu sich genommen hatte, war ziemlich sicher. Warum sollte man auch Blütenblätter essen, fragte sich Conni. Sie beschloss, der These der Mediziner Glauben zu schenken. Da niemand sonst Vergiftungserscheinungen entwickelt hatte, musste Bassen das Gift direkt in seine Schale gerührt worden sein. Conni machte sich Notizen. Sie musste klären, ob sich jeder sein Müsli selbst zusammenstellen konnte und welche geschmackliche Vorlieben Bassen möglicherweise gehabt hatte. Wenn man davon ausging, dass er sich beim Auffüllen seiner Müslischale nicht durch den Griff in ein falsches Gefäß zufällig selbst vergiftet hatte – und hochgiftige Pflanzen hatten auf einem Frühstücksbuffet eigentlich nichts zu suchen –, dann hatte es jemand anderes getan. Wie lange die Vorbereitungszeit dazu auch gewesen sein mochte, der Tathergang war extrem kurz gewesen.

Conni suchte nach Angaben, wer bei dem Frühstück in der Nähe gewesen war. Leifs Notizen waren chaotisch, aber sie fand sich zurecht. Offenbar hatten der Seminarleiter, ein Teilnehmer mit dem unaussprechlichen Namen T'Hom Badschur, Gundula Meyer-Vielhoff, ein Wirtschaftsboss namens Remmter, Daniela Koch, Victoria von Praunfels und Rika Vorwerk-Poon mit am Tisch gesessen. Bei den beiden Letztgenannten hatte Leif hinzugefügt, dass er die Namen erst von Dr. Schmidt erfahren hatte. Daneben war stichwortartig vermerkt: Mutter und Tochter? Zufällige Übereinstimmung der Initialen. Victoria von Praunfels bereits abgereist. Adresse bekannt. Vorladung? Verhältnis Vorwerk-Poon zu Cassandra Christiansen klären.

Zu Moritz Fein alias Shangrila Gaya hatte Leif einen eigenen Ordner angelegt. Ärgerlicherweise war Fein an jenem Morgen nicht anwesend gewesen. Auch wenn die Fahndung nach ihm erfolgreich sein sollte, bei Fein ging es wohl eher um anderes. Und das Geschwisterpaar Gölz schied ebenfalls aus dem Kreis der Tatverdächtigen aus. Leif wollte die beiden zwar noch kurz verhören, aber sie waren erst später angereist und kamen daher als Täter nicht in Betracht. Blieben noch die beiden Angestellten des Hauses, Kossetzki und Lachmann, oder jemand von außerhalb, der sich unbemerkt Zutritt verschafft hatte. Am besten war es, wenn sie versuchten, den besagten Vormittag zu rekonstruieren. Erst dann hielt Conni weitere Verhöre der einzelnen Teilnehmer für sinnvoll. Doch zuvor musste sie mehr über den Toten erfahren. Sie vertiefte sich in den Ordner mit den Gerichtsakten, die Daniel Richter mit seinem Kürzel abgezeichnet hatte. Dr. Kurt Bassen war ein äußerst zwielichtiger Geschäftsmann gewesen, so viel stand für sie nach der Lektüre fest.

Die Entscheidung für die Daunenjacke war richtig gewesen. Es war empfindlich kühl geworden, und ein frischer Wind blies, der die letzten Blätter über Nacht von den Bäumen geweht hatte. Nachdem sie außer Sichtweite des Hauses waren, hakte sich Conni bei

Leif ein und schmiegte sich wie ein verliebter Teenager an ihn. «Bereust du es schon?», fragte sie provozierend.

«Überhaupt nicht.» Sein Griff wurde fester. «Aber ich komme mir schon ein wenig albern vor. Fast so wie Peter und Alexandra Gölz. Die beiden haben sich hier die ganze Zeit über Mühe gegeben, ihre Liebesbeziehung vor den anderen zu verbergen. – Es ist schwierig. Wenn ich mich nicht so gut fühlen würde, würde ich sagen: falscher Zeitpunkt.»

«Meinst du, es wäre besser, wenn jemand anderes käme?»

«Nein», antwortete Leif energisch. «So viel habe ich hier gelernt. Das Gefühl bestimmt, ob eine Sache gut ist. Wir müssen lernen, damit umzugehen. Sollte uns gelingen, oder?» Er blickte Conni erwartungsvoll an. «Klar würde ich jetzt lieber irgendwo anders sein – mit dir.»

Eine Elster krächzte über ihnen. Es klang, als hätte sie ihr Gespräch belauscht und wolle nun einen Kommentar dazu abgeben. Dann sahen sie, warum die Elster schimpfte. Der blaugefiederte Eichelhäher startete mit laut klappernden Flügelschlägen vom Geäst des benachbarten Baums und flog davon. Leif streifte mit der Hand zärtlich über Connis Wange und drückte ihr einen Kuss auf die Lippen.

«Machen wir das Beste draus», meinte Conni. «Jetzt aber zur Arbeit! Wie haben sie es aufgefasst?»

«Wie schon! Mit Unverständnis und Entsetzen. Der Shamayana wusste ja bereits Bescheid. Die Meyer-

Vielhoff und Daniela Koch haben sich nicht anmerken lassen, dass sie alles schon wussten. Remmter hat mich sofort um ein Gespräch unter vier Augen gebeten. Er hat Angst. Er will sofort abreisen, was ich ihm allerdings ausreden konnte. Ich habe ihm klargemacht, dass ihm dann später eine Vorladung zu einem Verhör ins Haus flattern würde.»

«Und die anderen?»

«Ganz unterschiedlich. Keiner aus der Gruppe hat anfangs so richtig begreifen wollen, dass der Täter möglicherweise unter ihnen zu finden ist. Dann kam der Wunsch auf, das Seminar schon heute zu beenden. Ich habe es ihnen freigestellt und sie auf die möglichen Konsequenzen hingewiesen. Es gibt keinen konkreten Tatverdacht – von daher haben wir auch keine Handhabe, ihre Bewegungsfreiheit in irgendeiner Form einzuschränken. Aber ich habe ihnen recht deutlich zu verstehen gegeben, dass ich von ihnen erwarte, dass sie ihren Beitrag dazu leisten, den Fall aufzuklären.»

«Und das haben sie akzeptiert?»

Leif nickte. «Es hat sich zwischen uns allen in den letzten Tagen eine erstaunliche intime Beziehung aufgebaut. Wir haben über sehr ernste Dinge gesprochen und dabei sehr viel von unserer Seele preisgegeben.»

Conni überlegte, ob Leif vor den anderen vielleicht sogar über sie gesprochen hatte, behielt die Frage aber für sich.

«Mit meinem Auftritt heute Morgen hat sich diese Atmosphäre natürlich schlagartig geändert, alle wirkten plötzlich angespannt und verkrampft. Der Shamayana hat mich sehr traurig angeschaut.»

«Du magst ihn, oder?»

«Ich habe ihn in diesen Tagen sogar richtig lieb gewonnen. Er ist wirklich genau das, was man im Volksmund einen weisen Mann nennt. Er weiß, dass ich hier eigentlich nur meinen Job mache, aber er sieht auch, dass ich aus diesem Seminar mehr mitnehmen werde als das, was zu meinem eigentlichen Auftrag gehört.»

«Zum Beispiel mich», fiel Conni ihm mit einem Grinsen ins Wort.

«Wenn meine Träume und Gedanken während der meditativen Momente und im Schlaf ähnlich wie Beschwörungen einer Voodoo-Puppe gewirkt haben sollten, dann war der Aufenthalt hier für mich so etwas wie der Weg zum Ziel, ja. – Ich weiß nicht, ob das deinen Entschluss hierherzukommen beeinflusst hat. Ich für meinen Teil brauchte Klarheit. Und die habe ich hier gewonnen. Nur leider bringt mich das alles, was den Fall betrifft, kein bisschen weiter. Alle haben ausgesagt, sie hätten Bassen vor dem Seminar nicht gekannt.»

«Hast du sonst noch jemanden einzeln verhört?»

«Ein Verhör kann man das nicht nennen, aber ich habe Rika Vorwerk-Poon zur Rede gestellt. Sie hat sich auch gleich kooperativ gezeigt. Wie ich vermutet habe, steckt sie mitten in einem Beziehungsdrama. Sie lebt seit einigen Jahren mit der Frau zusammen, die ich anfänglich für ihre Mutter gehalten habe, Victoria von Praunfels. Du hast sie nicht kennengelernt, und so wie es aussieht, wirst du das auch nicht. Zumindest scheint mir eine Recherche in diese Richtung für den vorliegenden Fall irrelevant zu sein. Rika hat in einer Hamburger Kiez-Kneipe vor einem halben Jahr Cassandra Christiansen kennengelernt, die Tochter von einem hiesigen Landwirt. Ich habe dir erzählt, dass sie vorübergehend bei Paul & Helga kellnert.»

«Nicht nur das», feixte Conni. «Sie hat mich schon besichtigt, anders kann man das nicht bezeichnen – und unser Bett bezogen.»

Leif lächelte sie an und schüttelte leicht irritiert den Kopf. «Alles zu seiner Zeit, ja?», versuchte er den Faden wiederzufinden. «Jedenfalls hat ihr Cassandra den Floh mit dem Haus der Stille ins Ohr gesetzt. Ursprünglich wollte sie wohl alleine kommen. Nun, den Rest kannst du dir denken … Schließlich hat Victoria von Praunfels die beiden in flagranti ertappt. Und ist erbost abgereist. Pikanterweise gibt es auch noch anzügliche Fotos von den beiden unter der Dusche. Ich habe dir von dem Spanner erzählt?»

Conni nickte und überlegte, ob *Haus der Stille* die treffende Bezeichnung für diese Einrichtung war. Bei dem, was hier geschehen war, hätte sie einen anderen Namen passender gefunden. Und da schloss sie ihre eigenen Erlebnisse durchaus mit ein.

«Was hat es mit den merkwürdigen Nachnamen auf sich?», fragte sie. «Klingt recht exotisch. T'Hom Badschur, Shamayana … und Poon.»

«Ja, das fällt auf. Und tatsächlich entstammt Rika

einer untypischen Verbindung, wodurch sich auch ihre außergewöhnliche Erscheinung erklärt. Ihr Vater soll ein bekannter Filmproduzent im asiatischen Raum sein, und ihre Mutter kommt aus einer alteingesessenen Hamburger Familie. Während eines Auslandsaufenthalts in Hongkong hat sie Rikas Vater kennengelernt.»

«Ein Buddhist?», fragte Conni.

«Diese Fährte scheint mir abwegig», sagte Leif, der ahnte, worauf Connis Bemerkung abzielte. «Vor allem weil Rikas Absichten, was ihre Anwesenheit hier betrifft, klar auf der Hand liegen.»

«Ich versuche nur, meine Gedanken in alle Richtungen zu lenken», bemerkte Conni. «Und die Idee eines Anschlags mit religiösem Hintergrund stammt nicht von mir.»

«Natürlich.» Leifs Entgegnung klang fast entschuldigend. «Allerdings habe ich bislang noch nichts finden können, was diesen Verdacht irgendwie erhärtet hätte. Was hast du inzwischen über Bassen in Erfahrung bringen können? Gibt das Material von Daniel Richter irgendetwas Verwertbares her?»

«Allerdings. Ich bin zwar noch nicht durch mit dem ganzen Stapel, aber nach dem, was ich bislang herauslesen konnte, ist Dr. Kurt Bassen ein ziemliches Schlitzohr gewesen. Besser gesagt ein abgebrühter Halunke. Dass er nicht im Knast gelandet ist, hat er wohl nur dem Umstand zu verdanken, dass die ganzen Millionen, die er mit dubiosen Geschäften gemacht hat, wahrscheinlich über verschleierte Transaktionen auf den Konten seiner geschiedenen Frau gelandet sind. Er selbst gilt als mittellos. Und das mit drei Wohnsitzen.» Conni schüttelte angewidert den Kopf. «Du musst dir das in etwa so vorstellen: Du gründest eine Investmentfirma, natürlich als GmbH, trägst dich selbst als Geschäftsführer ein und fängst an, Immobilien anzupreisen, die für Investoren langfristig eine gute bis sehr gute Rendite versprechen. Dafür lässt du Gutachten erstellen, oder du erstellst sie selber.»

«Machen das nicht viele?», warf Leif ein.

«Bestimmt», antwortete Conni. «Ich bin aber noch nicht fertig. Jetzt kommt's nämlich: Zusätzlich zu dem Gutachten bietest du dem Investor eine Mietgarantie. Je nach Größe der Immobilie für ein oder zwei Jahre. Mit dieser Mietgarantie erhält der Investor die Möglichkeit, von Banken sehr günstige Finanzierungskredite für sein Investitionsvorhaben zu bekommen. Auf die hat er es natürlich abgesehen, denn er will ja alle steuerlichen Möglichkeiten ausschöpfen. Wenn sich das Ganze auch noch wie in diesem Fall in den neuen Bundesländern abspielt, ist der Anreiz durch zusätzliche staatliche Förderung besonders groß. Schließlich investiert man ja in den Aufbau Ost. So weit, so gut. Du zahlst für den ausgehandelten Zeitraum also die garantierten Mieten an den Investor, unabhängig davon, ob die Immobilie überhaupt vermietet ist. Dann kommt ganz überraschend der Einbruch. Der Mietenspiegel fällt, die Immobilie ist nicht mehr marktgerecht, die allgemeine wirtschaftliche Lage … Irgendetwas fällt einem ja immer ein. Aus diesem Grund musst du natürlich mit deinem Unternehmen auch selbst Insolvenz anmelden. Bevor die Überprüfung der Immobilienwerte durch die geprellten Investoren abgeschlossen ist, bist du mit deinem Unternehmen längst aus dem Handelsregister gelöscht.»

«Klingt übel. Und so was hat Bassen gemacht?»

«Nicht nur einmal», erklärte Conni. «Den Unterlagen nach hat er sich wohl immer nur für ein paar Monate zurückgezogen, dann tauchte er wieder als Geschäftsführer eines anderen Unternehmens auf, und das Spiel konnte von Neuem losgehen. Die Akten beschäftigen sich hauptsächlich mit dem Vorwurf der Insolvenzverschleppung. Betrügerische Absichten konnte man Bassen hingegen bislang nicht nachweisen. Es sieht so aus, als wenn er sehr schlaue Anwälte hätte.»

«Gehabt hätte», korrigierte Leif. Er machte ein nachdenkliches Gesicht. «Dann müssen wir abklären, ob irgendeiner der Gäste geschäftliche Kontakte mit einer dieser Firmen hatte. Auf Anhieb fällt mir da nur Remmter ein. Der verfügt bestimmt über genügend Kapital für Investmentgeschäfte. Da benötigt man ja schon eine gewisse Summe.»

«Irrtum.» Conni schüttelte den Kopf. «Genau darum geht es ja. Du vergisst die Finanzierungskredite. Man braucht nicht sonderlich viel Eigenkapital, wenn man Mietgarantien als Sicherheiten vorlegen kann.»

«Aber das sind doch keine wirklichen Sicherheiten.»

«Für eine Bank schon. Die interessieren sich nicht

dafür, ob die Gutachten etwas taugen oder der Phantasie entsprungen sind. Das zu überprüfen wäre ja Sache des Investors gewesen. Aber der hat sich wahrscheinlich durch eine raffinierte Marketingstrategie des Investmentunternehmens, durch Hochglanzprospekte oder was weiß ich täuschen lassen. Wenn nicht mehr getilgt wird, mahnen die Banken an. Und wenn sich der Käufer bei der Investition blank gegeben hat, dann ist er zur Tilgung auf die Mieteinnahmen angewiesen. Die bleiben aber aus, und er ist pleite. Der Weg bis zur Zwangsversteigerung ist dann nicht mehr weit.»

«Also müssen wir alle überprüfen.»

Conni nickte. «Ich werde mich bei den Akten auf mögliche Verbindungspunkte zu den Anwesenden hier konzentrieren.»

Leif machte einen tiefen Seufzer. «Von meinem Solizuschlag haben anscheinend nur wenige profitiert. Irgendwie habe ich das schon immer geahnt.»

«Ein Mordmotiv, wie es klassischer nicht sein kann.»

«Der Solidaritätszuschlag?»

«Nein.» Conni lachte auf. «Rache. Also, wie machen wir weiter?»

«Ich werde jetzt gleich T'Hom Badschur verhören. Er ist der Einzige, der den Shamayana bereits vor dem Seminar gekannt hat. Von daher …»

«Du glaubst immer noch, dass Bassens Tod auf einer Verwechslung beruht?»

Leif zuckte die Schultern. «Ein letzter Versuch, sagen wir es so. Er ist der Einzige, den ich noch nicht dazu befragt habe. Und du weißt doch, wie das mit einer Systematik ist. Denk dran, was unser Buchhalter immer sagt: Immer erst eine Sache zu Ende bringen, sonst hat man nachher zu viele Lücken. Und dich bitte ich, dass du dir Daniela Koch und Gundula Meyer-Vielhoff vorknöpfst. Ich habe dir ihre kleinen und großen Geheimnisse ja bereits verraten, und ich möchte, dass du dir ein Bild von den beiden machst. Vor allem bei der Koch werde ich ein komisches Gefühl nicht los. Immerhin hat sie schon einmal einen Menschen mit Gift getötet.»

«Mach ich.» Conni nahm ihren Arm von Leifs Schulter, als sie in Sichtweite des Gästehauses kamen. Auch wenn es ihr schwerfiel. Bereits jetzt sehnte sie sich schon wieder nach seinem Körper. Aber Leifs Stand gegenüber den Seminarteilnehmern war schon schwierig genug, da wollte sie nicht noch unnötig provozieren.

Vor ihnen tauchten die Gewächshäuser auf. «Sag mal», meinte Conni, «haben die hier auch Lotuspflanzen? Ich habe noch nie eine in natura gesehen. Die sollen für Buddhisten doch so etwas wie heilige Pflanzen sein, wegen ihrer Reinheit. Du weißt schon, die Oberfläche ihrer Blätter, die nie schmutzig wird.»

«Hydrophobie heißt das», erklärte Leif etwas oberlehrerhaft. «Stichwort Bionik. Man versucht, diese Struktur in der Nanotechnologie zu kopieren, und es ist ihnen bei einigen Materialien und Farben wohl auch gelungen …»

Er merkte plötzlich, dass Conni wohl keinen technischen Vortrag von ihm hören wollte, und seine Stimmlage normalisierte sich. «Ja, der Lotus gilt den Buddhisten als heilig, weil das Abperlen aller Unreinheiten der Aufhebung des Leidens gleichgestellt wird. Damit ist die Pflanze die Versinnbildlichung des Buddhismus schlechthin. Aber ob sie hier welche haben?» Er zuckte die Schultern. «Keine Ahnung. Schauen wir doch einfach.»

Wider Erwarten war die gläserne Tür abgesperrt. «Komisch», meinte Leif und betrachtete das Gewächshaus, eine alte Konstruktion aus geschwungenen Eisenprofilen und Glasscheiben, an deren Innenseite Schwitzwasser herunterlief. Sie waren so beschlagen, dass man kaum etwas erkennen konnte. Wahrscheinlich herrschten im Inneren tropische Temperaturen, spekulierte er, als er plötzlich eine Stimme hinter sich vernahm.

«Hat Hannes wieder abgeschlossen?», fragte Rolf Kossetzki und schüttelte verständnislos den Kopf, nachdem auch er die Türklinke mehrmals heruntergedrückt und an der Tür gerüttelt hatte.

«Guten Tag», meinte Conni und streckte ihm die Hand entgegen. «Mein Name ist Sonntag. Kripo Ratzeburg. Meinen Kollegen kennen Sie ja bereits.»

«Angenehm», erwiderte Kossetzki und blickte auf seine Armbanduhr. «Der Hannes kommt bald. – Dabei weiß er doch, dass hier nichts abgeschlossen sein soll. Aber er hat zu mir gemeint, dass nun schon zum wiederholten Mal Sachen aus den Gewächshäusern geklaut worden sind. Wahrscheinlich setzt er sich deshalb über die Anweisung hinweg.»

«Hat er gesagt, was gestohlen wurde?», fragte Conni.

«Nichts Kostbares.» Kossetzki machte eine wegwerfende Geste mit der Hand. «Holzkisten und solcher Krempel, hat er gemeint. Aber der Hannes bewahrt darin Knollen von kälteempfindlichen Stauden auf.» Er schüttelte den Kopf. «Keine Ahnung, wer so was macht.»

«Waren Sie eigentlich an besagtem Tag hier, als das mit Dr. Bassen passierte?»

Kossetzki nickte. «Ich bin eigentlich immer hier. Ich habe eine kleine Zweizimmerwohnung unterm Dach vom Haupthaus.»

«Und der Gärtner?»

«Hannes? Der kommt ja nicht alle Tage. Er wohnt die Dorfstraße runter, bei Christiansen auf'm Hof.»

«Ich meinte, ob er am Sonntagmorgen hier war», präzisierte sie ihre Frage. «Erinnern Sie sich noch daran?»

«Na klar. War ja das erste Frühstück für den Kurs. Da geht immer alles ein wenig drunter und drüber.»

«Ist Ihnen irgendetwas aufgefallen?»

«Nö.» Kossetzki schüttelte den Kopf. «Es ist nichts kaputt gegangen, und auch sonst ...» Er dachte einen Moment nach. «Aber Hannes war auch da, jetzt erinnere ich mich.»

«Und wie hat sich Dr. Bassen verhalten?»

«Unauffällig. Na ja, der gehörte eher zur Kategorie der Hilflosen», meinte Kossetzki und setzte ein Grinsen auf. «Man merkt ja sofort, wenn es einer nicht gewohnt ist, sich sein Essen selbst zu machen.»

«Aber sein Müsli hat er sich selber gemacht?», hakte Leif nach.

«Also das weiß ich nicht mehr», entgegnete Kossetzki. «Ich bin hier zwar Mädchen für alles, aber kein Kindermädchen ... Halt, doch ...» Er kratzte sich nachdenklich am Kopf. Dann erhellte sich seine Miene. «Doch, da war was. Jetzt fällt es mir ein. Irgendjemand hat nach Leinsamen gefragt. Ich glaube, das war Bassen.»

«Und? Gab es Leinsamen?»

«Klar.» Kossetzki nickte. «In der Küche gibt es Zutaten für jedes nur erdenkliche Müsli.»

Conni blickte Leif fragend an, der schüttelte aber den Kopf. Die Spurensicherung hatte in der Küche und im Vorratsraum zwar alle möglichen Sachen gefunden, auch diverse Blütenextrakte und zerriebene Blätter für Tee und Aufgüsse, aber keinen Hinweis auf die Existenz von Colchicum autumnale.

Conni schloss die Augen und streckte sich auf dem Bett aus. Für einen Augenblick drohte sie einzuschlafen. Im letzten Moment schreckte sie hoch und rieb sich die Augen. Dann ging sie ins Bad und spritzte sich kaltes Wasser ins Gesicht, machte ein paar Gleichgewichts- und Dehnungsübungen auf einem Bein und ließ sich schließlich im Schneidersitz auf dem Boden nieder. Wenn Leif kam, wollte sie zumindest mit ihrem Programm durch sein.

Conni nahm sich erneut die Akten von Richter vor. Etwa 30 Seiten blieben ihr noch, und bislang war sie über keinen ihr bekannten Namen gestolpert. Die Akten lasen sich trotzdem spannend. Je mehr sie über die miesen Geschäftspraktiken von Bassen erfuhr, umso stärker reifte der Verdacht in ihr, dass der Grund für seinen Tod irgendwo hier zu finden war. Sechs Investmentfirmen hatte er vorgestanden, der ersten Ende 1990. In enger Zusammenarbeit mit der Treuhand und deren Nachfolgeorganisationen. Wieder einmal hatte sie ihre eigene Vergangenheit eingeholt. Conni erinnerte sich noch genau, die Ausmaße des Fördermittelmissbrauchs waren ihr jedoch bislang nicht bekannt gewesen.

Die Treuhand sollte für eine marktwirtschaftsgerechte Umwandlung der fast zehntausend volkseigenen Betriebe nach der Wende sorgen, in der Praxis bedeutete das im Regelfall jedoch: Privatisierung statt Sanierung. Die Leidtragenden waren die mehr als vier Millionen Arbeiter in den Betrieben, die, nachdem die Anlagen häufig zu Schleuderpreisen verscherbelt worden waren, auf der Straße standen. Viele Investoren waren nur daran interessiert, die weit unter Wert erworbenen Firmen so schnell wie möglich zu zerschlagen und die marktwirtschaftlich interessanten Bereiche mit hohem Gewinn weiterzuverkaufen. Beim Verkauf der Firmen dürften an viele Mitarbeiter der Treuhand Schmiergelder geflossen sein, deren Höhe man nur erahnen konnte. Und Bassen war immer mit dabei gewesen. Als die Treuhandanstalt nach vier

Jahren aufgelöst wurde, stand den Verkaufserlösen in Höhe von 60 Milliarden Mark ein Ausgabenvolumen von mehr als 300 Milliarden gegenüber. 1995 wurden die Schulden in einem Erblastentilgungsfonds zusammengeführt.

Conni schluckte, als sie erneut über den Namen Bassen stolperte. Immer wenn es um Grund-und-Boden-Verwertung ging, tauchte sein Name auf. Dabei konnte man offensichtlich mit den größten Gewinnen rechnen. Ein Teil der Treuhand ging nach deren Auflösung 1994 an die BVVG, die Bodenverwertungs- und Verwaltungsgesellschaft. Bassen saß wieder mit im Boot, bis zuletzt. Seine CMV-Invest war wie immer als GmbH eingetragen, Vertragspartner eines amerikanischen Investmentfonds, der zuvor riesige Immobilien- und Grundstückspakete von Banken aus den neuen Bundesländern erworben hatte, um sie nun wieder am hiesigen Markt anzubieten. Solche Unternehmen waren als Heuschrecken bekannt geworden. Conni hatte davon gehört, ohne zu wissen, woher sich der Name ableitete.

Je mehr sie darüber las, umso verständlicher wurde es ihr. Die Höhe der Kapitalerträge war enorm. Die Größenordnung der Immobilien und Grundstücke ebenfalls. Wohnanlagen, Hotels, Villen, Schlösser, sogar ganze Parkanlagen standen zur Disposition. Und die CMV-Invest sollte den Verkauf abwickeln. Dabei lag der Verdacht nahe, dass es sich bei einem Großteil der Immobilien um eben solche handelte, die zuvor durch Insolvenzen von Privatinvestoren, an denen Dr.

Kurt Bassen mit seinen früheren Firmen schon kräftig verdient hatte, in den Besitz der Bankhäuser übergegangen waren. Das Ganze schien ein raffiniert ausgeklügelter Kreislauf zu sein, ein Kreislauf, an dem vor allem Dr. Kurt Bassen verdient hatte. Ein Kreislauf, der mit Sicherheit viele Existenzen zerstört hatte. Ein Kreislauf, an dessen Ende ein Mord stand?

Sie schreckte hoch, als Leif ins Zimmer kam. Für ein paar Minuten musste sie doch eingenickt sein. Conni blickte zur Uhr. Es waren fast zwei Stunden gewesen. Leif beugte sich über sie und gab ihr einen zärtlichen Kuss. Auch er sah müde und abgespannt aus.

«Gehen wir runter, was essen?», fragte er, nachdem sie im Detail abgesprochen hatten, wie sie am nächsten Vormittag das Frühstück vom letzten Sonntag rekonstruieren wollten. Denn weder durch das Verhör von T'Hom Badschur noch durch die Gespräche, die Conni mit Daniela Koch und Gundula Meyer-Vielhoff geführt hatte, hatten sie irgendwelche neuen Erkenntnisse gewonnen. In den Akten, die Conni aufmerksam bis zum Ende durchforstet hatte, gab es keine Hinweise auf frühere Berührungspunkte. So blieb nur der morgige Tag, und sie hatten einvernehmlich beschlossen, heute früh ins Bett zu gehen. Unter anderem um ihr Schlafdefizit zu kompensieren. Unter anderem …

«Eigentlich habe ich gar keinen Hunger», antwortete Conni, der nach anderem zumute war. Gerade wollte sie sich Leif entgegenstrecken, als sein Handy klingelte.

«Das ist Gero», meinte Leif mit Blick auf die angezeigte Nummer und nahm das Gespräch an. Nach wenigen Sekunden verdunkelte sich seine Miene. «Das ist unglaublich.» Sein Blick wanderte zum Fenster hinaus. «Wann? Ach so. Und wo? Auf dem Dachboden?»

Leif stand auf, fingerte umständlich seinen Notizblock aus der Tasche und setzte sich an den Tisch. Das Gespräch dauerte mehrere Minuten. Seinem Gesichtsausdruck nach zu urteilen, war etwas Ernstes vorgefallen. Unruhig rutschte Conni auf der Bettkante hin und her. Plötzlich war sie wieder hellwach.

«Das war Gero.» Leif holte tief Luft. «Sieht so aus, als wenn wir auf dem Holzweg gewesen wären. Du wirst es nicht glauben, sie haben eben Karl-Heinz Pahlbach festgenommen. Und zwar wegen des Verdachts der Tötung von Dr. Kurt Bassen.»

KAPITEL 14

Leif schaute gedankenverloren zu Boden. «Selbst wenn er es gewesen sein sollte, bleibt die Frage offen, wie das Gift in Bassens Schale gekommen ist.» Conni hatte den Eindruck, dass er nur noch halbherzig bei der Sache war. Die Rekonstruktion des Frühstücks hatte zu keinen neuen Erkenntnissen geführt. Geros Nachricht hatte nicht nur ihre ganzen Recherchen durcheinandergewirbelt, sondern für weitere Ungereimtheiten gesorgt. Wenn es wirklich ein fremdenfeindlich motivierter Anschlag auf die Institution war, wie Gero vermutete, dann war es durchaus denkbar, dass er keiner bestimmten Person gegolten hatte.

Die Spurensicherung, die Gero auf Pahlbachs Hof geschickt hatte, war überraschenderweise fündig geworden. Aber nicht so wie vermutet. Peter Schweim und seine Leute hatten nach den angeblich gestohlenen Werkzeugen und Maschinen Ausschau halten sollen, gefunden hatten sie stattdessen eine ganze Hexenküche. Ein Sammelsurium seltener Kräuter, Blüten, Extrakte und Sträucher, gebündelt, gepresst, verschnürt oder zum Trocknen an der Decke des Dachbodens hängend. Darunter auch Colchicum autumnale, die Herbstzeitlose, deren Blütezeit von September bis

Oktober dauerte. Karl-Heinz Pahlbach, der gemeinsam mit seinem Sohn auf dem Revier verhört wurde, stritt alles ab. Seine Frau belieferte damit irgendeinen Ökohändler, behauptete er, aber Unterlagen gab es keine, und Pahlbachs Frau war auf einer Messe in Süddeutschland unterwegs. Zudem hatte Pahlbach kein Alibi für die Tatzeit. Staatsanwältin Wissmann reichte das belastende Material für einen vorläufigen Haftbefehl, also hatten sie die beiden gleich dabehalten.

«Du hast doch gesagt, dass sich Sebastian Pahlbach auf dem Grundstück herumgetrieben hat. Wenn auch aus einem anderen Grund … Könnte er nicht auch derjenige gewesen sein, der das Gift hier ins Haus gebracht hat?»

Leif presste die Lippen aufeinander. «Möglich», meinte er, schüttelte dann aber den Kopf. «Irgendwas passt da überhaupt nicht zusammen. Außerdem haben alle ausgesagt, es wäre kein Fremder beim Frühstück anwesend gewesen. Und einen versteckten Behälter, aus dem sich Bassen zufällig bedient haben könnte, haben wir auch nicht gefunden.»

«Was ist mit dem Leinsamen, von dem Kossetzki gesprochen hat? Den haben wir ebenfalls nicht gefunden.»

«Kossetzki meinte, möglicherweise wisse Hannes Lachmann mehr. Für bestimmte Dinge habe der eine günstige Bezugsquelle. Wahrscheinlich bezieht er solche Sachen von Gernot Christiansens Bio-Hofladen. Am besten ist es, wenn wir ihm nachher einen Besuch abstatten und ihn direkt danach fragen. Aber zuerst müssen wir uns um Pahlbachs Kollegen kümmern. Gero ist der Ansicht, wenn es Pahlbach war, dann hat er es nicht alleine geplant. Die zwei Landwirte, die neulich gemeinsam mit ihm bei Paul & Helga am Tisch saßen, sollten wir uns zuerst vornehmen. Am besten getrennt.»

Einige der Gäste waren schon abgereist, andere trugen ihr Gepäck zum Parkplatz oder hatten sich ein Taxi bestellt. Die Verabschiedung fiel sehr förmlich aus. Von der intimen Nähe zwischen einigen Seminarteilnehmern, die Leif ihr gegenüber erwähnt hatte, war jedenfalls nichts mehr zu spüren. Lediglich Daniela Koch und Gundula Meyer-Vielhoff hatten sich mit einem freundlichen Händedruck von Leif verabschiedet.

Conni blickte zur Uhr. Es blieb noch eine knappe halbe Stunde bis zur verabredeten Uhrzeit, und das Timing musste genau eingehalten werden. Sie wollten Horst Paulsen und Dieter Schnaack keine Gelegenheit geben, sich abzusprechen. Wie Leif vermutet hatte, waren die beiden Landwirte die engsten Freunde von Karl-Heinz Pahlbach. Namen und Adressen hatten sie vom Gastwirt erfahren. Paulsen kam hier aus dem Dorf, und der Hof von Schnaack lag in Klösnitz, einem Nachbarort. Um drei wollten sie sich dann bei Gernot Christiansen treffen. Conni legte ihr Schulterholster um, schlüpfte in die wärmende Daunenjacke und ging zum Dienstwagen.

Leif wollte Paulsen übernehmen und war zu Fuß

aufgebrochen. Sie solle vorsichtig sein, hatte er gemeint und ihr einen zärtlichen Kuss gegeben. Es war das erste Mal, dass sie sich getrennt hatten. Das erste Mal, nachdem sie zueinandergefunden hatten, und Conni überkam ein komisches Gefühl. Es war idiotisch, aber sie vermisste ihn bereits. Wie würde die Zukunft aussehen, die vor ihnen lag? Bislang hatte sich keiner von ihnen getraut, das Thema anzuschneiden.

Sie war hin und her gerissen zwischen Euphorie und Sehnsucht. Conni dachte an die letzte Nacht. Sie hatten sich geliebt, aber nach Geros Anruf hatte eine angespannte Atmosphäre im Raum gestanden. Sie waren mit ihren Gedanken irgendwo gewesen, jedenfalls nicht bei der Sache. Leif musste es genauso gegangen sein. Sie hatte es gespürt. Dabei hatte sie ihn begehrt wie in der Nacht zuvor. Als sie schließlich voneinander abgelassen hatten, musste sie innerhalb kürzester Zeit eingeschlafen sein.

Eng aneinandergekuschelt waren sie aufgewacht. Das Gefühl der Nähe, das sie lange nicht gespürt hatte, war gut gewesen. Und es würde in nächster Zeit genügend weitere Gelegenheiten geben, Conni war sich sicher. Nichts würde so sein wie früher. Auch ihre gemeinsame Arbeit stand jetzt unter einem anderen Vorzeichen. Sicher sah Leif das genauso. Sie hatten sich von ihren Gefühlen leiten lassen, nun mischte sich der Ernst des Alltags dazwischen. Es gab noch so viele offene Fragen. Was war mit Leifs Kindern? Finn lebte im Internat, und die Zwillinge waren bei der Mutter in Hamburg. Conni hatte keinen von ihnen je zu Gesicht bekommen, Leif hatte ihr gegenüber immer nur von seinem Schwiegervater geschwärmt. Ehrlich gesagt legte sie keinen besonderen Wert darauf, Miriam kennenzulernen. Conni dachte an ihre Wohnung in Schwerin. Was war mit einem Umzug? Sie hatte das Bedürfnis, sich jeden Abend an Leif zu schmiegen. Bislang waren es eher wirtschaftliche Überlegungen gewesen, die sie von dem Vorhaben, den Wohnsitz zu wechseln, abgehalten hatten. Nun war es also so weit …

Conni nahm nur einen flüchtigen Schatten am Fahrbahnrand wahr und machte reflexartig eine Vollbremsung. Das Vibrieren des Bremspedals ließ den nächtlichen Schatten des quer über die Fahrbahn rollenden Mercedes erneut vor ihrem geistigen Auge entstehen. Dabei war der Vorfall für sie bereits in weite Ferne gerückt. Diesmal war es nur ein Rudel Damwild, das in hastigen Sprüngen die Straße überquerte. Der Wagen kam rechtzeitig zum Stehen. Trotzdem erschrak sie über die Abgelenktheit. Ein verpatzter Einsatz war mehr als genug. Sie war nicht voll bei der Sache. Dabei fiel ihr ein, dass sie sich noch immer nicht erkundigt hatte, wie die Fluchtfahrt letztendlich ausgegangen war und ob die Kollegen den Wagen noch aufgespürt hatten. Aber wenn dem so gewesen wäre, hätte es Gero sicherlich erwähnt. Shit happens. Es war nicht das erste Mal, dass sie einen Fall unaufgeklärt zu den Akten legen mussten. Die Umstände ärgerten sie trotzdem immer noch maßlos. Mit einem Griff zum Lichtschalter kontrollierte sie, ob das Abblendlicht eingeschaltet war. Kurz vor Klösnitz standen erneut Rehe am Straßenrand. Conni passierte die Stelle konzentriert. Die Tiere schienen keine Angst zu haben; als sich der Wagen näherte, trotteten sie nur langsam durch den dahinter befindlichen Knick zurück aufs Feld.

Es war diesig und kalt. Am Ortsschild von Klösnitz war die Straße mit großen Güllelachen verschmutzt. Kurze Zeit später kamen ihr mehrere Trecker mit schweren Anhängern entgegen. Was war, wenn Dieter Schnaack nicht zu Hause war? Sie sah sich schon hinter einem der Güllewagen über ein morastiges Feld stapfen. Conni suchte nach dem passenden Straßenschild. Einen Plan hatte sie nicht, aber in Klösnitz gab es nur drei Straßen.

Bis zur verabredeten Zeit blieb sie im Wagen sitzen, dann ging Conni zielstrebig auf das Wohnhaus der Hofanlage zu. Die Bewegung hinter der Gardine zeigte ihr, dass sie beobachtet wurde. Es verging einige Zeit, bis sich die Haustür öffnete.

Conni zückte ihren Dienstausweis. «Guten Tag. Mein Name ist Sonntag. Kripo Ratzeburg. Sind Sie Dieter Schnaack?»

Der hagere Kerl, der ihr gegenüberstand, nickte. Seine Augen musterten sie kritisch.

«Hätten Sie Zeit für ein paar Fragen?» Conni merkte, dass sich Schnaack nicht sicher war, ob er sie reinbitten sollte, also machte sie einen kleinen Schritt in seine Richtung.

«Bin gerade beim Essen», entschuldigte sich Schnaack. Dann öffnete er die Tür ganz und trat einen

Schritt zurück, um sie hereinzulassen. «Worum geht es denn?»

«Es geht um Karl-Heinz Pahlbach», antwortete Conni. «Und um das Haus der Stille.»

«Ach du Elend», meinte Schnaack. «Dann kommen Sie man rein. Wenn es nicht stört, wenn ich meine Suppe noch schnell auslöffeln tue.»

Conni folgte ihm in die Küche. Es roch unangenehm nach Kohl. Und es war unerträglich heiß. Am liebsten hätte sie augenblicklich ihre Daunenjacke ausgezogen, aber darunter trug sie die Dienstwaffe. Am Küchentisch saßen noch zwei weitere Personen, Schnaacks Frau und ihr Sohn oder ein junger Knecht. Conni nickte ihnen zu.

«Bin gleich fertig. Dann können wir rüber in die Stube.» Schnaack löffelte hastig seine Suppe.

«Die Stube ist nicht gemacht», erklärte die Bäuerin und blickte ihren Mann vorwurfsvoll an. «Nehmen Sie doch Platz.»

Conni lehnte dankend ab und stellte sich vor die alte Spüle, in der sich Geschirrreste stapelten.

«Was is denn mit Kalle? Geht das um den Einbruch bei ihm inner Werkstatt, oder hat er was ausgefressen?», fragte Schnaack. An seinen Mundwinkeln klebten Reste von Kohl.

«Warum sagten Sie denn eben ‹Ach du Elend›, als ich das Haus der Stille erwähnte?»

Schnaack wischte sich mit dem Handrücken den Mund ab, dann griff er nach einer Serviette und putzte sich die Hände. Er schob den leeren Suppenteller in die Mitte des Tisches und erhob sich. Er mochte etwa in ihrem Alter sein. Dass er so ungepflegt wirkte, mochte an seiner schmutzigen Arbeitskleidung und den grindigen Händen liegen. Wahrscheinlich hatte er eine Allergie, oder er litt an einer Schuppenflechte. Zudem war er unrasiert und hatte zwei schorfige Furunkel am Hals. Im Stillen ekelte sich Conni. Landwirte waren zwar dafür bekannt, dass sie bei der Arbeit keinen großen Wert auf ihr Äußeres legten, aber Schnaack übertrieb es ein wenig, fand sie.

«Weil hier jeder weiß, dass die Bekloppten da ein rotes Tuch für Kalle sind», antwortete Schnaack und machte eine auffordernde Handbewegung, ihm zu folgen.

Im Gegensatz zur Küche war das Wohnzimmer angenehm temperiert. Conni blickte sich um, konnte aber keine Unordnung erkennen. Es wirkte ein wenig steril. Ein Sofa, ein Couchtisch mit gläserner Platte, ein riesiger Fernseher und eine kitschige Anrichte aus Eichenimitat. Das war's. Die Wände waren kahl. Kein Bild, nicht einmal ein Plakat war aufgehängt. Conni fragte sich, was man hier überhaupt in Unordnung bringen konnte. Wahrscheinlich gehörte das Putzen der Stube zur alltäglichen Routine, unabhängig davon, ob etwas schmutzig oder staubig war.

«Es geht um ein paar Äußerungen, die Sie gegenüber einem meiner Kollegen gemacht haben, vor ein paar Tagen bei Paul & Helga. Man sagte mir, dass Sie glauben, beim Haus der Stille handele es sich um ein Ausbildungslager.»

«Ach, das war doch nur so dahergesagt.» Schnaack hatte auf dem Sofa Platz genommen. Er schien sich allerdings an seine Worte zu erinnern. Conni stand mit verschränkten Armen vor einem der Fenster. Drapierte Gardinen sollten jeden Einblick von außen abwehren. «Ja, ich tu mich erinnern. Da saß einer von den Körnerfuzzis. Und wir konnten gar nicht glauben, dass der Sauerkraut mit Wurst und Kassler aß. Wo die doch sonst so etepetete sind. Aber der war ganz okay. Hat, glaub ich, sogar 'ne Runde geschmissen.»

«Hat Karl-Heinz Pahlbach Ihnen gegenüber mal angedeutet, dass man gegen das Haus der Stille etwas unternehmen müsse?», fragte Conni.

«Na klar. Und im Ernst, Frau Kommissarin ...» Schnaack blinzelte Conni zu und machte eine Geste, als wenn sie eine Vertraute wäre. «Da muss doch langsam mal was geschehen. Ich meine, die breiten sich hier doch immer mehr aus, die Türken, die Russen ... die Polacken sind jetzt auch inner EU. Ich sag ma, so kann das doch nicht weitergehen, oder?»

Conni machte einen tiefen Atemzug. Was glaubte Schnaack eigentlich, wer ihm hier gegenüberstand? Sie hatte es zwar schon häufig erlebt, mit welchem Selbstverständnis manche Leute ihre teils radikalen Ansichten Fremden gegenüber mitteilten, aber so offenkundig und unbekümmert, wie Schnaack hier seine rassistischen Ansichten über Ausländer aussprach, war es ihr zumindest im Dienst noch nicht vorgekommen. Sie beschloss, ruhig und sachlich zu bleiben. Gero schien mit seiner Vermutung richtiggelegen zu haben. Schnaacks Andeutungen verwiesen tatsächlich auf einen fremdenfeindlichen Hintergrund.

«Und was meinen Sie, in welcher Form man da etwas unternehmen sollte?»

Auf einmal breitete sich doch Unbehagen auf Schnaacks Miene aus. «Wat weiß ich denn?» Er rutschte verlegen auf dem Sofa hin und her. «Das muss die Gemeinde regeln. Die sollen denen klar zu verstehen geben, dass sie verduften sollen. Ich glaub, die haben da 'nen Pachtvertrag … Den kann man kündigen, oder? Der Kalle wird sich schon was einfallen lassen, schließlich sitzt er doch im Gemeinderat.»

Conni hatte nicht wirklich erwartet, dass Schnaack so töricht war, seinen dümmlichen Rassismus auch noch mit fremdenfeindlichen Parolen zu untermauern, aber er schien plötzlich begriffen zu haben, dass seine Andeutungen ihr Interesse geweckt hatten. So wie es aussah, war Schnaack ein klassischer Mitläufer ohne eigene Meinung. Und Pahlbach schien das Leittier zu sein. Sie war gespannt, was Leif aus Paulsen herausbekam.

«Wie sieht man das denn hier in der Dorfgemeinschaft? Sind die anderen Bewohner auch der Meinung, dass eine Gefahr von der Institution ausgeht? Bislang liegt uns nämlich weder eine Beschwerde vor, noch hat man der Polizei mitgeteilt, dass durch die Bewohner des Meditationszentrums der Dorffriede in irgendeiner Weise gestört würde.»

Schnaack kniff die Augen zusammen und fuchtelte verlegen mit den Händen. «Ach, Frau Kommissarin …

Sie wissen schon. Die einen sagen dies, die anderen sagen das. Aber im Grunde haben viele doch nur Angst, ihre Meinung offen auszusprechen, weil man das ja inzwischen nicht mehr darf – von wegen Juden und Ausländer und so. Da steht dann am nächsten Tag gleich in der Zeitung, dass man ein Nazi wäre, wenn man sagt, was man denkt. Und womöglich hat man noch 'ne Klage am Hals. Is doch so, oder? Von daher wundert mich das kaum.»

«Haben Sie mal mit jemandem vom Haus der Stille gesprochen?», fragte Conni.

«Ich?» Schnaack blickte sie überrascht an. «Im Leben nich. Warum denn auch? Ich will nix von denen, die wollen nix von mir. Ich versteh auch nicht, warum die sich gerade hier bei uns niedergelassen haben. Ich meine, das ist Norddeutschland hier. Da haben die Katholen schon 'nen schweren Stand. Nicht, dass ich der große Kirchgänger wäre, aber das is einfach nich die Gegend hier für so ein religiöses Multikulti.»

«Soweit mir bekannt ist, gibt es im Haus der Stille regelmäßig einen Tag der offenen Tür. Denken Sie nicht, man könnte es als Nachbar vielleicht mal riskieren, einen Blick hinter die Kulissen zu werfen und sich erkundigen, was dort eigentlich praktiziert wird?»

«Und wozu soll das gut sein? Außerdem habe ich für so was keine Zeit. Was glauben Sie, wie mein Tag aussieht? Wenn ich abends vom Feld komme, dann bin ich platt. Da is mir nicht auch noch danach, mich mit so einem Hokuspokus zu beschäftigen. Ganz ehrlich, dann bin ich froh, wenn ich die Beine hochlegen kann.»

Es hatte keinen Sinn, und es war hier auch nicht ihre Aufgabe, Aufklärungsarbeit zu leisten. Bei Schnaack schien es weniger Verbohrtheit als vielmehr Dummheit zu sein, woraus sich die Angst vor fremden Kulturen speiste. Conni revidierte ihre Meinung über ihn. Trotzdem war er durch diesen Umstand nicht weniger verdächtig – und wenn auch nur als Mitläufer. «Meinen Sie, dass es Leute geben könnte, die … sagen wir mal so, zu nicht ganz legalen Mitteln gegen das Haus der Stille greifen könnten?»

Schnaack guckte sie verdattert an. «Wie meinen Sie denn das?»

«Ich meine, ob Sie Karl-Heinz Pahlbach oder einem anderen zutrauen würden, auf eigene Faust, also nicht mit Hilfe des Gemeinderats, etwas gegen das Haus der Stille zu unternehmen?»

Schnaack fing unvermittelt an zu lachen. «Ja», meinte er schließlich. «Der Kalle hat mal den Vorschlag gemacht, man soll auf dem Nachbargrundstück eine Jugenddisco bauen, wo dann zwei-, dreimal die Woche Remmidemmi gemacht wird. Dann werden die von ganz allein verschwinden, hat er gemeint.»

Das klang fast phantasievoll, aber wie Schnaack die Sache schilderte, war es harmlos. Die Frage aller Fragen stellte Conni trotzdem: «Herr Schnaack. Ich hätte gerne gewusst, was Sie am letzten Sonntagvormittag gemacht haben.»

«Wir können die Angelegenheit auch auf die umständliche Tour abwickeln», herrschte Leif sein Gegenüber an und trommelte mit den Fingern auf der Tischkante. «Wir haben für solche Fälle immer einige möblierte Gästezimmer parat. Ohne Fernseher. Aber dann sollten Sie sich schon mal um 'ne Vertretung für die nächsten Tage hier kümmern.» Langsam riss ihm der Geduldsfaden. «Also, wo waren Sie am Sonntag vor einer Woche?»

Der Tonfall schien Wirkung zu zeigen. Paulsens anfängliche Arroganz verpuffte schlagartig. Unsicher blickte er Leif an. «Ich war unterwegs», meinte er kleinlaut. «In Hamburg. Auf'm Fischmarkt.»

«Gibt es dafür irgendwelche Zeugen?»

Horst Paulsen nickte.

«Und?», fragte Leif betont gereizt. «Die wären?» Die selbstsichere und unbekümmerte Art, die Paulsen bislang an den Tag gelegt hatte, ging ihm mächtig auf die Nerven. Er verspürte überhaupt keine Lust, dem Kerl jedes Wort aus der Nase zu popeln. Demonstrativ schlug er sein Notizbuch auf und wartete.

«Karl-Heinz Pahlbach und Dieter Schnaack», antwortete Paulsen endlich.

«Sie sind also zu dritt über den Hamburger Fischmarkt gebummelt?», wiederholte Leif und stieß einen Seufzer aus. Das brachte ihn nicht unbedingt weiter. Die drei konnten das ebenso gut abgesprochen haben. «Sonst gibt es niemanden, der das bezeugen kann?»

«Fragen Sie die beiden doch.» Paulsen zuckte hilflos mit den Schultern. «Die werden Ihnen das bestätigen.

Wir sind morgens im Dunkeln los. Muss so gegen vier gewesen sein.»

«Haben Sie denn wenigstens was mitgebracht? Bananen, Aal, 'ne Yuccapalme?»

Paulsen schüttelte den Kopf.

«Tja, Herr Paulsen …» Leif blätterte durch sein Notizbuch. «Das sieht nicht gut aus für Sie.» Er machte eine rhetorische Pause und blickte Paulsen mit zusammengepressten Lippen an. «Am vergangenen Sonntag ist im Haus der Stille ein Verbrechen geschehen, und der eine Zeuge, den Sie für ihr Alibi benennen, sitzt als Verdächtiger in Untersuchungshaft und schweigt zu den Vorwürfen. Bleibt nur zu hoffen, dass Dieter Schnaack da etwas gesprächiger ist. Er wird gerade von meiner Kollegin zu der Sache vernommen.»

Paulsen stand der Schreck ins Gesicht geschrieben. «Was … was soll das?», stammelte er. «Wir haben doch nichts gemacht. Wieso ist der Kalle verhaftet?»

«Es hat einen Giftanschlag auf das Haus der Stille gegeben, wobei ein Mensch ums Leben gekommen ist», erklärte Leif ganz ruhig. «Vorräte des verwendeten Giftstoffes wurden auf dem Hof von Karl-Heinz Pahlbach sichergestellt. Wir gehen bislang von einer gemeinschaftlichen Tat aus. Ihre grundsätzliche Meinung zum Haus der Stille haben Sie mir gegenüber ja eben zum Ausdruck gebracht. Hinzu kommen Ihre Äußerungen, die Sie neulich abends vor Zeugen in der Gaststätte Paul & Helga getätigt haben. Zusammen mit Dieter Schnaack und Karl-Heinz Pahlbach.»

«Aber das ist doch Quatsch!»

«Wenn Sie dazu nichts weiter zu sagen haben, dann ist es wohl besser, wenn Sie einen Anwalt verständigen», sagte Leif und klappte demonstrativ sein Notizbuch zu, als wenn das Gespräch damit beendet sei. Er war sich fast sicher, dass es gleich aus Paulsen heraussprudeln würde. Er kannte solche Typen. In der Gruppe waren sie stark, aber wenn man ihnen alleine auf den Zahn fühlte und gar eine Verhaftung in Aussicht stellte, brachen sie ein. Für einen einfachen Landwirt, der bislang noch nie mit dem Gesetz in Konflikt geraten war, waren die Folgen nicht absehbar. Er kannte das Prozedere nicht, das auf ihn zukam, und die Angst vor dem Unbekannten reichte erfahrungsgemäß aus, um ihm die Zunge zu lösen.

Paulsen rieb sich mit den Fingerspitzen die Augenbrauen. «Die bringen mich um, wenn ich's sage», stammelte er.

«*Wer* bringt Sie um, wenn Sie *was* sagen?», fragte Leif. «Pahlbach und Schnaack?»

Paulsen nickte. Dann legte er die Hände auf den Tisch und machte einen tiefen Atemzug. «Aber das ist jetzt auch egal.»

KAPITEL 15

«Und bei dir?», fragte Leif, nachdem er Conni einen flüchtigen Kuss gegeben hatte. Er kam sich immer noch komisch dabei vor. Seltsam, vor einer Woche war eine solche Geste noch undenkbar gewesen, und seither hatte sich alles verändert. Wie würde es weitergehen? Conni hatte sich, was die Zukunft betraf, eher bedeckt gehalten, und auch er hatte es vorgezogen, den Moment zu genießen. Würde sie mit ihm zusammenleben wollen? Und wenn ja, würde sie zu ihm ziehen? Wie würde sie reagieren, wenn es um die Kinder ging? Es gab so viele ungeklärte Fragen. Er musste dringend mit ihr sprechen. Aber nicht jetzt. Jetzt arbeiteten sie an einem Fall, der immer rätselhafter wurde. Immer wenn sich eine neue Spur auftat, schien alles klar und einfach zu sein. Aber wenn sie dem Verdacht nachgingen, verflüchtigte er sich schnell.

«Genau das Gleiche», erklärte Conni. «Die waren in einem Puff. Hast du Gero schon informiert?»

«Ja. Er konnte sich auch nicht erklären, warum Pahlbach das bei seiner Festnahme nicht ausgesagt hat. Gero meinte aber, es sei auch möglich, dass die drei sich das Alibi gekauft haben, kein Problem im Rotlichtmilieu. Ich bezweifele allerdings, dass die dafür überhaupt genügend kriminelle Energie besitzen. Überprüft wird es natürlich trotzdem.»

Conni nickte. «Schnaack hat sich gewunden wie ein Aal. Es war ihm total peinlich, das zuzugeben. Ein Bordellbesuch scheint für die Leute hier etwas derart Anrüchiges zu sein, dass sie es erst dann eingestehen, wenn man ihnen mit einer Verhaftung droht. Und bei Pahlbach scheint ja nicht einmal das gefruchtet zu haben. Die haben einen solchen Schiss, dass ihre Frauen und das Dorf davon erfahren ... Unglaublich. Zweimal im Monat sind sie dahin gefahren, meinte Schnaack. Immer sonntagmorgens, weil es dann besonders günstige Tarife gebe.»

Leif zuckte mit den Achseln. «Und jetzt?»

Conni deutete auf Christiansens Hof und bog in die Auffahrt ein. «Wenn Peter bei Pahlbach nicht die giftigen Pflanzen gefunden hätte, würde ich sagen: Die haben mit der Angelegenheit nichts zu tun. Aber so? Irgendwie beschleicht mich das Gefühl, dass wir etwas übersehen haben. Wir müssen noch tiefer graben. Außerdem kann es durchaus einen Vierten oder sogar noch mehr Leute geben, die mit Pahlbach gemeinsame Sache gemacht haben. Am besten fragen wir Gernot Christiansen gleich danach, ob Pahlbachs Frau mit den Kräutern tatsächlich handelt. Vielleicht beliefert sie ja sogar seinen Bioladen hier.»

Anstelle des alten Scheunentores war eine moderne Stahlkonstruktion mit Butzenscheiben eingebaut worden. Den Eingang zierten große Werbetafeln von Demeter und Bioland. Sonntags war das Geschäft natürlich geschlossen. Conni und Leif stiegen aus dem Wagen und schauten sich um. Christiansens Hof glich einem Sammelsurium unterschiedlicher Gebäudeteile aus den letzten Jahrhunderten. Das Haupthaus mit der großen Tenne, in der jetzt der Bioladen untergebracht war, mochte aus dem ersten Drittel des letzten Jahrhunderts stammen. Das riesige, mit Reet gedeckte Satteldach war bestimmt fünfzehn Meter hoch. Die obere Hälfte des Gebäudes war mit grüngestrichenen Brettern verkleidet. Gegenüber befand sich eine teilweise eingefallene Scheune, ein Fachwerkbau, dessen mit Lehm gefüllte Gefache an einigen Stellen offen standen. So wie es aussah, war man aber dabei, die Scheune zu restaurieren. Dahinter lag ein langer Unterstand, der mit Wellblechplatten verkleidet war. Die Traktoren und Landmaschinen standen dagegen in einer modernen Halle, die zur Seite hin offen war. Daneben waren weitere Gebäude aufgereiht. Von Christiansen war weit und breit nichts zu sehen. Der Hof wirkte wie ausgestorben.

«Hast du ihn nicht angerufen und uns angekündigt?», fragte Conni.

«Doch. Er meinte, er wäre da.» Leif kontrollierte die Uhrzeit. «Na, dann machen wir uns auf die Suche. Scheint recht weitläufig zu sein, die Anlage.»

Nachdem sie den Hauptbau umrundet hatten, waren Axtgeräusche zu vernehmen. Nach einigen Metern erblickten sie Gernot Christiansen hinter einem mächtigen Holzstapel. Er war dabei, Holz zu hacken.

Als er die beiden Besucher sah, nahm er die Mütze ab und wischte sich den Schweiß von der Stirn.

«Entschuldigung. Ich habe Sie nicht gehört.» Er reichte Conni und Leif die Hand.

Christiansen mochte auf die sechzig zugehen, vielleicht war er auch schon älter. Seine grauen Haare trug er zum Zopf zusammengebunden, und ein schalkhaftes Grinsen umspielte seine Lippen. Er machte ganz und gar nicht den Eindruck eines Landwirts. Gernot Christiansen wirkte eher wie ein in Ehren ergrauter Weltumsegler oder Globetrotter. Dieser Eindruck wurde durch seine Kleidung noch unterstrichen. Die großen grünen Gummistiefel waren schon alles, was man gewöhnlich als Bauer trug. Christiansen hatte eine weit geschnittene Zimmermannshose an, darüber trug er einen handgestrickten, dicken Pullover in kunterbunten Farben. Der Anblick des Wollschals, den er sich mehrfach um den Hals gewickelt hatte, löste bei Conni sofort ein kribbelndes Gefühl aus. Es gab doch nichts Schlimmeres als kratzige, feuchte Wolle auf nackter Haut.

«Ein imposantes Gehöft.» Sie schaute sich anerkennend um.

«Das war mal der größte Hof hier in der Gegend», erklärte Christiansen, aber es klang nicht so, als wäre er wirklich stolz darauf. «Mein Urgroßvater hat ihn gegründet, mein Großvater hat die Erträge verzehnfacht, und mein Vater hat alles an die Braunen verraten.» Er lachte bitter. «Nun ist es an mir, das Beste draus zu machen. Mehr als die Hälfte des Landes habe ich verkauft – für freiwillige Entschädigungszahlungen. Während des Tausendjährigen Reiches wurden hier Zwangsarbeiterinnen auf dem Hof eingesetzt. So etwas verpflichtet.»

«Das klingt nicht gerade danach, als wenn Sie gern hier arbeiten würden. Warum erzählen Sie uns das alles?»

Christiansen schaute sie abwechselnd an. «Weil Sie von der Polizei sind und alles wissen wollen, habe ich recht? Sie haben sich doch bestimmt schon gefragt, was so ein merkwürdiger Kauz wie ich überhaupt macht. Wie ein Landwirt gebärde ich mich ja nun nicht gerade. Oder Sie haben sich bereits erkundigt und sind über meine nicht ganz astreine Vergangenheit gestolpert. Und da Sie ja so oder so alles durchleuchten werden, erzähle ich es lieber selbst.»

Er lächelte amüsiert. «Also, ich bin von zu Hause weg, so schnell es eben ging. Meinen Beruf als Lehrer konnte ich nicht lange ausüben, denn ich war in der falschen Partei. Ganz links außen.» Christiansen zwinkerte ihnen zu. «Und so was Radikales wie mich lässt man eben nicht gerne auf Kinder los. Tja, war eine kurze Karriere. Selbst die Pension ist futsch. Nachdem ich mich eine Zeit lang als Schäfer durchgeschlagen habe, durfte ich dann Ende der Siebziger mein Erbe antreten. Seither geht es mir blendend.»

Leif hatte keine Lust, sich die verschrobene Lebensgeschichte eines zynischen Alternativen anzuhören. «Sie wissen, warum wir hier sind und was im Haus der Stille geschehen ist?», fragte er betont sachlich.

Christiansen nickte. «Ja, Cassy hat es mir erzählt. Inzwischen weiß es wohl schon das ganze Dorf. Furchtbar. Aber ich habe keine Ahnung, warum Sie zu mir kommen.»

«Vielleicht können Sie uns bei der Aufklärung des Falles behilflich sein.»

«Solange ich niemanden denunzieren muss, gerne.»

«Es geht um Karl-Heinz Pahlbach», erklärte Leif. «Wie Sie sich vielleicht erinnern, war ich neulich Zeuge Ihrer kleinen Auseinandersetzung. Wir haben Pahlbach gestern festgenommen.»

«Ich habe es ohne Freudentränen zur Kenntnis genommen, falls Sie das vermutet haben sollten», antwortete Christiansen. «Jeder hier im Dorf weiß, was ich von ihm halte. Er ist ein Schwein, eine Sau von der ganz abgebrühten Sorte. Trotzdem empfinde ich weder Genugtuung noch Freude bei dem Gedanken. Ganz ehrlich ...»

Gernot Christiansen machte so etwas wie eine ehrfürchtige Verbeugung, deren Sinn sich Leif entzog. «Ganz ehrlich», wiederholte er, «ich traue ihm zwar so manche Schweinerei zu, aber einen Mord?» Er schüttelte den Kopf.

«Wir gehen bislang nicht von Mord aus», erklärte Leif. «Wir vermuten einen Anschlag auf die Einrichtung an sich. Nicht auf eine bestimmte Person. Karl-Heinz Pahlbach muss das nicht selbst getan haben. Wie es aussieht, hat er sogar ein Alibi für die Tatzeit. Aber er könnte der Anstifter gewesen sein. Wir interessieren uns momentan für das Kräutersammelsurium, das auf seinem Hof gefunden wurde. Deswegen sind wir hier. Pahlbach behauptet, seine Frau würde mit dem Zeug handeln. Wissen Sie etwas darüber?»

«Wurde Ihnen vielleicht etwas angeboten?», fügte Conni hinzu.

«Jutta Pahlbach verkauft die Sachen, das stimmt. Das macht sie schon seit vielen Jahren. Für die Kinder aus dem Dorf war das immer eine schöne Möglichkeit, Taschengeld zu verdienen. Sie haben für sie gesammelt, und Jutta hat sie fair bezahlt. Hannes hat da auch eine Zeit lang auf dem Boden mitgeholfen, Kräuter zu sortieren und zu bündeln. Ich weiß zwar nicht, wer die Abnehmer sind, aber ich kann mir denken, dass aus den Sachen vielleicht Extrakte für homöopathische Mittel gewonnen werden. Ich selbst habe nie etwas davon gekauft.»

«Hannes Lachmann wohnt doch bei Ihnen, nicht wahr? An ihn hätten wir auch noch ein paar Fragen.»

«Nicht direkt.» Christiansen zeigte auf ein kleines Häuschen, das zur Straße gelegen war. «Er wohnt dort hinten. Ich habe Hannes das alte Brautschauhaus angeboten. Mein Urgroßvater hat es für eine Großtante von mir erbauen lassen. Und wir benötigen es nicht.»

«Das klingt, als würde Hannes Lachmann mietfrei bei Ihnen wohnen.»

Gernot Christiansen lächelte. «Ich glaube, das geht nicht einmal die Polizei etwas an, oder irre ich mich?»

«Ich frage aus rein persönlichem Interesse», antwortete Leif. «So etwas ist zur heutigen Zeit zumindest nicht die Regel.»

«Nennen Sie es einfach Nächstenliebe. Es sind nur eineinhalb Zimmer. Wir brauchen das Häuschen nicht, und es geht uns gut. Besser als Hannes Lachmann zumindest. Man hat ihm übel mitgespielt. Außerdem hilft er hin und wieder im Laden mit aus. Er fällt uns also nicht zur Last. Kommen Sie, gehen wir rüber. Ich habe so oder so noch etwas mit ihm zu besprechen.»

«Woher kommt diese Bezeichnung?», fragte Conni interessiert. Den Begriff Brautschauhaus hatte sie noch nie gehört, und sie konnte sich auch nicht vorstellen, wovon er sich ableitete. Das Häuschen war wirklich winzig klein, wobei die Proportionen zwar stimmig waren, aber alles wirkte wie auf Puppenstubenniveau zusammengeschrumpft. An der Traufseite hatte das Haus lediglich zwei Fenster, zur Straße hin gab es einen kleinen Vorbau, der gleichzeitig die Eingangstür aufnahm. Es sah nicht ärmlich aus, war sogar an einigen Stellen spärlich mit Bauschmuck verziert, nur alles eben winzig klein.

Christiansen lachte auf. «Nun, so etwas hat man für die Töchter des Hauses gebaut, wenn man sie bis zu einer bestimmten Zeit nicht unter die Haube bekommen hat. Ein Wohnsitz für alte Jungfern, wenn Sie so wollen. Ich erinnere mich nur noch schwach an meine Großtante. Aber eine Schönheit wird sie auch in jungen Jahren nicht gewesen sein.»

Sie gingen durch einen kleinen Vorgarten, der im

Sommer bestimmt idyllisch war. Jetzt wirkte alles trist und grau.

«Da hab ich ja nochmal Glück gehabt», flüsterte Conni Leif zu und erntete einen Rippenstoß.

Christiansen klopfte an und öffnete im gleichen Augenblick die Haustür. «Hannes!», rief er, bekam aber keine Antwort. «Scheint nicht da zu sein», murmelte er, trat jedoch trotzdem ein. «Vielleicht schläft er?»

Sie standen in einem kleinen Flur, von dem drei Türen abgingen. Die mittlere stand offen. Sie führte in ein winziges Badezimmer, in dem gerade ein kleines Waschbecken und eine Toilette Platz fanden. Christiansen öffnete vorsichtig eine andere Tür und steckte den Kopf ins Zimmer. «Nein, ist nicht hier», sagte er. «Komisch. Sonst ist er sonntags immer hier. Vielleicht ist er rüber zum Friedhof, wo seine Mutter liegt.»

Christiansen deutete auf einen alten Stich, der in einem schlichten Rahmen im Flur hing. Das Blatt zeigte eine barocke Schlossanlage. «Ihr hat er sein Erbe zu verdanken gehabt. Monika Lachmann kam aus einem alten Adelsgeschlecht. Aber in den Sechzigern konnte man ja nicht ahnen, dass die Güter irgendwann mal wieder an ihre ursprünglichen Besitzer zurückgehen würden. Also ist man auf und davon in die Freiheit und hat auf den Adelstitel gepfiffen.»

Conni beugte sich vor und entzifferte die schnörkelige Bildunterschrift. «Schloss von Möllenhaus», las sie vor, und im gleichen Augenblick durchzuckte es sie. «Leif», sagte sie nach einer Schrecksekunde und zog an seinem Ärmel. «Der Name … der Name von

Möllenhaus taucht mehrmals in den Akten von Daniel Richter auf. Ich bin mir ganz sicher. Es gibt eine Expertise über die Möllenhaus'schen Güter darin. Das Schloss existiert zwar nicht mehr, aber die dazugehörigen Gehöfte und Ländereien.»

«Die Mutter von Hannes Lachmann war eine geborene von Möllenhaus, ja, das hat mir der Wirt der Gaststätte bereits neulich erzählt. Er meinte auch, sie habe damals nach dem Tod ihres Mannes Selbstmord begangen und Hannes Lachmann sei von Nachbarn großgezogen worden.»

Christiansen nickte. «Ja, so in etwa war das. Die waren aus dem Osten geflüchtet. Und nachdem die Mauer weg war, gab es plötzlich auch im Leben von Hannes eine Wende. Ich weiß noch genau, wie er die Nachricht im Dorf verbreitete, dass er ein riesiges Erbe antreten werde. Ein halbes Jahr später war er wie vom Erdboden verschluckt. Niemand wusste, wo er steckte. Irgendwer brachte dann das Gerücht auf, dass Hannes als Millionär in einer riesigen Villa in Berlin wohnen würde. Es wurde viel getratscht und spekuliert, deshalb hat Hannes auch nach wie vor einen so schweren Stand hier im Dorf. Als er ein paar Jahre später wieder bei uns auftauchte, war er jedenfalls völlig verarmt. Er spricht aber nicht darüber, was damals wirklich geschehen ist. Ich habe es mehrfach versucht.»

Conni registrierte, wie sich Leifs Miene verfinstert hatte. «Denkst du auch, was ich denke?», fragte sie.

Leif nickte. «Sieht ganz danach aus, dass er unser Mann ist.»

Hannes Lachmann hatte sich keine Mühe gemacht, die Akten und Papiere, die den Verdacht erhärteten, zu verstecken. Die Wohnräume des Brautschauhauses boten dazu auch kaum die Möglichkeit. Es reichte, die Papiere zu überfliegen. Der Name von Dr. Kurt Bassen tauchte immer wieder in den Unterlagen auf. Wie es aussah, war ihm Lachmann gleich mehrfach auf den Leim gegangen. Für eine genauere Durchsicht und Auswertung fehlte ihnen allerdings die Zeit.

Es bestand dringender Tatverdacht. Staatsanwältin Wissmann, mit der Leif sofort Rücksprache gehalten hatte, sah das auch so. Wenige Minuten später ging die Fahndung mit einer genauen Personenbeschreibung raus, und zwei Streifenwagen fuhren zum Friedhof. Als die Kollegen unverrichteter Dinge auf Christiansens Hof auftauchten, machten sich Leif und Conni auf den Weg zum Haus der Stille. Das sei der einzige Ort, an dem sich Hannes noch aufhalten könnte, hatte Christiansen gemeint. Seiner Aussage nach hatte Lachmann das Dorf seit mehr als zwei Jahren nicht mehr verlassen.

Rolf Kossetzki machte ein erstauntes Gesicht. Alle seien doch bereits abgereist, meinte er, als er Leif und Conni die Tür geöffnet hatte. Auf die Frage, ob Hannes Lachmann auf dem Gelände sei, deutete er in Richtung Gewächshäuser. Lachmann war vor etwa drei Stunden gekommen.

«Wir gehen schon mal vor», beschloss Leif, nachdem er die Kollegen informiert und Verstärkung angefordert hatte. «Ich bin Lachmann mehrmals begegnet. Da machte er keinen besonders gefährlichen Eindruck. Außerdem weiß er nicht, was wir wissen.»

«Und wenn er bewaffnet ist?», fragte Conni und erschrak über diese Vorstellung. Bislang hatte sie noch nie so etwas wie Angst bei einer bevorstehenden Verhaftung verspürt. Wie viele Festnahmen hatte sie bislang durchgeführt, ohne an die im Wagen befindlichen Schutzwesten zu denken? Jetzt hatte sie Angst. Angst um Leif wohlgemerkt. Sie tastete nach ihrer Dienstwaffe.

«Komm», meinte Leif kommentarlos. «Bringen wir's hinter uns.»

Hannes Lachmann stand vor einem kleinen Arbeitstisch. Er hatte ihnen den Rücken zugewandt, und als sie eintraten, drehte er sich nur kurz um und begrüßte sie mit einem zaghaften Nicken. Dann konzentrierte er sich wieder auf seine Arbeit. Wie es aussah, war er gerade dabei, Blumenzwiebeln zu sortieren und in Pflanzschalen zu setzen.

«Sie sind wegen mir gekommen, nicht?» Er hielt inne und stützte sich auf die Tischplatte, ein altes Türblatt, wie man jetzt erkennen konnte. «Ich kann Ihnen nicht viel anbieten.»

Seine Worte klangen geheimnisvoll und hintergründig. Ahnte er, warum sie gekommen waren? «Wir sind nicht anspruchsvoll.» Leif hatte sich für ein direktes Vorgehen entschieden. «Wir möchten nur wissen, warum Kurt Bassen sterben musste.»

Lachmann verharrte in seiner Bewegung. Er atmete

schwer. Man konnte erkennen, wie sich sein Oberkörper hob und senkte. Schließlich drehte er sich ganz langsam um und schaute ihnen abwechselnd in die Augen.

«Ja, ich weiß ...» Er nickte zögernd. «Es war mir schon klar, dass Sie es herausfinden würden.» Dann schaute er zu Boden.

Conni war beruhigt. Von Lachmann ging keine Gefahr aus. Sie merkte, wie die Anspannung plötzlich von ihr abfiel. «Warum?», fragte sie leise.

«Tja, warum?», wiederholte Hannes Lachmann und drehte ihnen den Rücken zu. Er malte mit dem Zeigefinger der rechten Hand irgendwas in einen verschütteten Erderest auf der Tischplatte.

Der Anfang war immer das Schwierigste, das wusste Conni. Die einen schauten aus dem Fenster oder in die Ferne, andere blickten einem bei ihrem Geständnis in die Augen, wieder andere hoben den Blick nicht und starrten fest auf den Boden, und es gab Leute wie Lachmann, die sich einfach umdrehten. Vielleicht hatten sie dann das Gefühl, mit sich allein zu sein, mit sich selbst zu sprechen, wenn sie niemanden sahen.

Aber wider Erwarten drehte sich Hannes Lachmann erneut um und blickte ihr direkt in die Augen. Conni glaubte, ein verschämtes Lächeln erkennen zu können; vielleicht war es aber auch nur eine eingewachsene Furche in seinem ausgemergelten Gesicht. Hannes Lachmann war neunundvierzig, so viel wussten sie bereits. Aber so wie er aussah, hätte man ihn durchaus zehn, wenn nicht zwanzig Jahre älter schätzen können. Seine Haut war grau, und er hatte dunkle Ringe um die Augen. Die Hände waren von harter Arbeit gezeichnet und voller Schwielen, an den Fingern klebte Erde. Er sah krank aus. Krank und verbraucht. Leif hatte recht gehabt. Von Lachmann ging wirklich keine Gefahr aus. Der Mann hatte längst mit sich und der Welt abgeschlossen.

«Er hat mich nicht einmal wiedererkannt.» Lachmanns schwere, ohnehin schon hängenden Augenlider senkten sich weiter. Durch seine gebückte Statur wirkte es, als würde er vornüberfallen. Dann hob er ruckartig den Kopf, wie jemand, der aus einem Sekundenschlaf hochschreckte, und blickte sie wieder an.

«Aber Sie haben ihn erkannt.» Conni wollte ihn zum Sprechen bringen.

Ansätze eines Achselzuckens waren zu erkennen. «Wie sollte ich ihn vergessen können. Er hat mir alles genommen … Alles, was ich je besessen habe. Wahrscheinlich war ich es nicht wert.»

Lachmann schien tatsächlich zu lächeln. Es war ein verbittertes, ein bemitleidenswertes Lächeln. «Ich hatte es akzeptiert. Akzeptiert, dass sich mir keine zweite Chance ergeben würde. Wissen Sie, es war schon besonders für mich … diese paar Jahre. Ich hatte ja nie damit gerechnet, dass ich einmal reich sein könnte.»

«Erzählen Sie», forderte ihn Conni auf. Sie wollte es wissen. Hier und jetzt. Von Lachmann selbst, nicht aus irgendeinem neutralen Bericht. Es ging nicht um das Motiv – das lag klar auf der Hand. Nein, es ging um den persönlichen Grund. Und diese Beweggründe zu erfahren war für sie das Entscheidende, um einen Fall wirklich abschließen zu können. Es gab für sie nichts Unbefriedigenderes, als diese Auskunft von einem Täter nicht zu erhalten. Manche schwiegen. So blieben, wenn überhaupt, ein Geständnis, das Motiv sowie der Tathergang. Was sie wissen wollte, das war die Initialzündung, die letztendlich zur Tat geführt hatte.

Sie hat eine Engelsgeduld, dachte Leif und spekulierte, ob Conni diesen Augenblick genoss. So wie es viele Kollegen taten. Nicht weil es einem Lust bescherte, sondern die Befriedigung, den richtigen Riecher gehabt zu haben. Und den hatte sie gehabt. Natürlich war es mehr die Systematik und Akribie ihrer kriminalistischen Recherche gewesen, die sie zum Ziel geführt hatte, und weniger eine Eingebung. Aber dennoch. Hier hatte es kaum Möglichkeiten gegeben, sich in den Täter hineinzuversetzen, weil das Motiv so lange im Unklaren gelegen hatte. Er selbst hatte sich ablenken lassen, ablenken von einer fixen Idee, die nicht mal seine eigene gewesen war. Conni hingegen hatte sich selbst durch naheliegende Verdachtsmomente nicht davon abbringen lassen, alle nur erdenklichen Informationen zusammenzutragen, und sich erst dann auf ihren Spürsinn verlassen.

«Es begann alles mit dem Notar, der mich damals ausfindig gemacht hatte. Als er mir eröffnete, welche Reichtümer jetzt mir gehörten … ich konnte es kaum glauben. Kurze Zeit später war ich umlagert von

Menschen, die alle mein Bestes wollten. Man gab mir Ratschläge, wollte mein Vermögen verwalten, Finanzexperten meldeten sich und wollten das Kapital vermehren. Ich war dem überhaupt nicht gewachsen. Heute weiß ich das. Irgendwann tauchte Bassen auf. Er sprach eine Sprache, die ich verstand. Er redete nicht lange um den heißen Brei, sondern sagte: Immobilien, Punktum. Ich kaufte ein paar Mietobjekte. Es funktionierte. Er gab mir Garantien, verwaltete alles. Seine Firma zahlte pünktlich. Er hatte immer kostbare Tipps. Das waren meine Sicherheiten. Bei den Banken hat man nur genickt. Ich glaube, zur besten Zeit hatte ich höhere Finanzierungsdarlehen, als ich überhaupt investiert hatte. Ganz ehrlich, ich weiß bis heute nicht, wie das alles funktioniert hat. Die Hintergründe haben mich nie interessiert. Wissen Sie, ich bin ein einfacher Mensch, ich habe gerade mal Rechnen auf der Schule gelernt. Von Geldanlagen und solchen Dingen habe ich keinen blassen Schimmer.»

«Bassen hat sich also Ihr Vertrauen erschlichen», sagte Conni.

Lachmann nickte. «Tja», meinte er und schüttelte den Kopf. «Meine Menschenkenntnis war genauso mangelhaft wie meine Rechenkünste. Ich hätte viel skeptischer sein müssen. Aber wissen Sie, ich hatte niemanden … Keinen Freund, der mich hätte warnen können.» Er stockte einen Augenblick. «Und ich war natürlich gierig. Es war doch so einfach. Alles ging glatt, alles schien sicher. Ich musste mich um nichts kümmern. Wie hätte ich auch irgendwas kontrollieren können? Ich hatte ja überhaupt keine Ahnung von den Dingen. Ich war völlig naiv und dumm. Ich bin nicht einmal stutzig geworden, als es Bassens Firma plötzlich nicht mehr gab. Ich hatte seine Privatnummer, ich rief ihn an. Ich bin noch zu ihm hin, als ich die ersten Mahnungen von der Bank bekam, wollte ihn um Rat fragen. Er meinte nur, er sei pleite. Da habe ich Idiot ihm sogar noch Hilfe angeboten. Ich wusste ja nicht, was noch alles auf mich zukommen würde und dass auch ich längst bankrott war. Die Banken haben dann einen Wirtschaftsprüfer eingeschaltet, aber der hat nach Kenntnis der Sachlage gleich den Kopf geschüttelt und nur gemeint, ich solle mich warm anziehen.

Innerhalb eines Jahres war alles vorüber, alles war weg. Während die Zwangsversteigerungen liefen, habe ich mir die Objekte, in die ich investiert hatte, in natura angeschaut. Ich kannte ja alles nur aus den Prospekten. Und da war mir auf einmal klar, dass ich es gar nicht wert war. Wer sich ein Dutzend Potemkin'sche Dörfer andrehen lässt, der ist es nicht wert, dass er, ohne zu arbeiten, im Reichtum lebt. Ich war einfach nur naiv.»

«Bassen hat nur auf Leute wie Sie gewartet», erklärte Conni.

«Das weiß ich jetzt auch», entgegnete Lachmann.

«Wann haben Sie den Entschluss gefasst, ihn zu vergiften?»

«Ich war zufällig an der Hecke beim Parkplatz, da sah ich plötzlich, wie er aus dem Taxi stieg. Ich machte einige Schritte auf ihn zu, um mich zu vergewissern.

Er war es, aber er erkannte mich nicht. ‹Hey, Sie da›, meinte er nur und deutete auf seine Gepäckstücke. ‹Schaffen Sie mal die Koffer auf mein Zimmer.› Vielleicht war es diese unsagbare Arroganz, die er Untergebenen gegenüber immer an den Tag legte. Mit mir hat er so nie gesprochen, ich war ja sein Kunde gewesen. Und nun sollte ich sein Lakai sein? Vielleicht war es diese Selbstverständlichkeit, die in seinem Ton lag, weshalb ich den Entschluss gefasst habe. Ich hätte nie geglaubt, Bassen jemals wieder zu Gesicht zu bekommen.»

«Wie haben Sie es gemacht?»

«Hiermit.» Er ging langsam zu einem Schrank und zog eine große Schublade heraus. «Die Herbstzeitlose. Ihre Blätter sind gut gegen Wühlmäuse. Ein bisschen den Boden auflockern und beim Düngen mit ins Beet geben. Mit solchen Sachen kenne ich mich aus. Das Ungeziefer weiß schon, warum es da nicht drangeht. – Als Kossetzki mich zwei Stunden später nach Leinsamen fragte, weil das Glas leer war, da habe ich es gemacht. Es war nicht weiter schwer. Ein paar Leinsamenkerne, dazu noch eine Handvoll zerriebener Blätter ins Müsli. Bassen gehörte ja zu der Sorte, die es gewohnt war, bedient zu werden. Ich erinnere mich noch an die Gespräche in den Räumen seiner Firma. Da kam alle paar Minuten seine Sekretärin rein: Herr Doktor hier, Herr Doktor da. Möchten Herr Doktor noch einen Tee … vergessen Herr Doktor bitte nicht … Ich habe den Tisch im Soundso für Herrn Doktor reservieren lassen. Denken Sie bitte an den Termin mit der Gräfin Soundso. Er ließ sich auch stets von seiner Sekretärin verbinden, wenn er jemanden anrufen wollte, weil das natürlich was hergibt, wenn ein Sekretariat anruft.»

«Bereuen Sie es?»

Lachmann sah sie erstaunt an. «Sie wollen eine ehrliche Antwort?»

Conni nickte.

«Ob Sie mir glauben oder nicht: Ich habe mich seit einer Woche mit der Frage beschäftigt. Nur damit. Ich habe hier im Haus gelernt, was es bedeutet, nach seinem Gefühl zu handeln … Am Anfang war ich erschrocken … aber jetzt? Nein, ich bereue es nicht.»

Es gab nichts mehr zu sagen. Leif machte eine auffordernde Geste. «Können wir dann?»

Lachmann presste die Lippen zusammen und nickte. Nach einigen Schritten blieb er stehen und legte seine Schürze ab. «Ich möchte mich noch gerne von meinen Schützlingen verabschieden», sagte er und deutete auf den hinteren Teil des Gewächshauses, der durch eine gläserne Schiebetür abgetrennt war. Auch hier war alles aus Glas, aber Raumtemperatur und Luftfeuchtigkeit waren höher. In der Mitte des Raumes stand ein großes Bassin mit Seerosen und anderen Sumpf- und Wasserpflanzen.

«Ich wollte schon immer mal einen Lotus sehen», meinte Conni zu Lachmann, der fast andachtsvoll vor dem Bassin stand.

«Sie wollten nicht blühen. Ich habe fast zwei Jahre gebraucht, um ihr kleines Bedürfnis herauszufinden.

Wenigstens etwas, das ich in meinem Leben erreicht habe.» Er schluckte mehrmals. «Sind sie nicht wunderschön? Ich bewundere ihre Reinheit. Sie lassen den ganzen Ekel der Welt einfach nicht an sich heran. Alles Schlechte perlt ab. Ich beneide sie, aber nicht wegen ihrer Schönheit, sondern wegen dieser Souveränität.»

Sie kannten dieses Schweigen. Es dauerte immer, bis man das Ende verdaut hatte. Und da es wie in diesem Fall keine offenen Fragen mehr gab, schwiegen sie. Der Streifenwagen hatte schon vor der Tür gestanden, als sie mit Hannes Lachmann herausgekommen waren, und die Kollegen hatten ihn mitgenommen. Ein kurzer Spaziergang durch den Park, dann hatten sie ihre Sachen gepackt, das Zimmer bezahlt, und nun saßen sie im Wagen. Auch der Anruf von Gero, der ihnen mitteilen wollte, dass man Moritz Fein alias George Marrey alias Shangrila Gaya bei dem Versuch, sich nach Südamerika abzusetzen, auf dem Frankfurter Flughafen verhaftet hatte, änderte die Stimmung nicht. Leif dachte daran, dass er sich früher spätestens in diesem Moment immer eine Zigarette angesteckt hatte, und wunderte sich, überhaupt keinen Schmachter mehr zu haben. «Komisch», sagte er schließlich und unterbrach die Stille. «Es war eigentlich so einfach. Ich frage mich wirklich, warum ich die ganze Zeit so kompliziert gedacht habe.»

«Du wirst abgelenkt gewesen sein.»

«Nein, ich war sogar sehr konzentriert bei der Sache», widersprach Leif.

Conni entgegnete nichts darauf. «Er tut mir irgendwie leid», meinte sie stattdessen und seufzte. «Was meinst du, wie viel er bekommen wird?»

Leifs Hand streichelte über ihren Oberschenkel. «Lass uns nicht darüber nachdenken. Recht … Gerechtigkeit … Wie oft haben wir in unserem Job diesen bitteren Nachgeschmack. Ich schaue mir in solchen Fällen abends gern einen alten Italo-Western an. Die enden meist so, wie ich mir das mit der Gerechtigkeit vorstelle. Und im gleichen Augenblick wird mir klar, wie froh ich doch bin, dass ich in einer zivilisierten Demokratie lebe, wo niemand das Recht in Wildwestmanier durchsetzen muss. Ich eigne mich nämlich nicht für Duelle. – Für uns ist der Fall damit beendet.»

Über Connis Gesicht huschte ein Lächeln. «Du vergisst den Bericht, der noch aussteht.»

«Berichte schreiben ist nicht gerade meine Stärke.» Leif machte ein genervtes Gesicht. «Vielleicht könntest du ja …?» Er beendete den Satz nicht und wartete.

Conni hob die Augenbrauen, und es machte den Eindruck, als tänzelten die Sommersprossen auf ihrer Nase. Sie warf ihm einen schnellen Blick zu. «Tauschgeschäft?», fragte sie.

«Kommt drauf an, was du im Gegenzug verlangst.»

«Da werden wir uns schon einig.» Conni startete den Wagen und blickte Leif auffordernd an. «Zu dir oder zu mir?»